내 꿈은 군대에서
시작되었다

일러두기

1. 이 책에서는 필자의 군 복무 시기에 따라 '내무반'과 '생활관' 명칭을 혼용하였습니다.
2. 본문 중 '김 병장의 힐링이 필요해' 원고는 공군 미디어영상팀 김승환 병장이 작성해 주었습니다.

내 꿈은 군대에서 시작되었다

엄홍길, 김홍신, 문태준, 손진영 외 지음

샘터

차 례

1장 남자의 완성, 군대

도전, 내가 사는 방법 엄홍길 · 8
사나이로 태어나서! 윤방부 · 13
계산하지 마라 안석환 · 18
내 인생 최고의 찬스 박수왕 · 23
하모니를 배운 시간 김정택 · 29
책 읽는 운전병 원기준 · 35
기본기는 군대에 있다 박기태 · 41
누구에게나 연평도는 있다 윤태웅 · 45
결국 모두 행운이었다 고재윤 · 51
으아~! 무적 해병대 정신 김흥국 · 56
김 병장의 '힐링이 필요해' 첫 번째 이야기 · 60

2장 꽃보다 군인

남자는 말야, 군대 갔다 와야 해 오동진 · 68
구보하며 뽀뽀뽀 부르기 이재익 · 74
일찍 들어오면 혼난다 김재용 · 79
도피처가 아니라 배움터 임진모 · 84
문선대야, 놀아 줘 조빈 · 89
산이 움직이듯이 꽃이 피듯이 문태준 · 94
내 젊은 날의 진짜 스타 조광호 · 99
마산에서 온 고문관 방학기 · 104
안 되면 될 때까지, 모르면 알 때까지 이재연 · 108
나의 군 생활은 현재진행형 이상용 · 112
김 병장의 '힐링이 필요해' 두 번째 이야기 · 116

3장 열정 일발장전

나, 군대에서 사전 본 놈이야 백가흠 · 124
피하면 회피, 안 피하면 해피 이미도 · 129
모포 4단 개? 정종철 · 133
외로운 DMZ에 흐르던 내 목소리 류호진 · 139
요즘은 의자에 앉아 도면을 그리나? 김창균 · 144
인생은 원맨쇼가 아니다 남보원 · 149
잊지 못할 첫 기상 브리핑 이찬휘 · 154
나의 첫 오디션 무대 박현빈 · 159
나의 축구 중계는 특공대에서 시작되었다 서형욱 · 164
한계를 넘어서다 노광철 · 169
김 병장의 '힐링이 필요해' 세 번째 이야기 · 176

4장 내 청춘에 충성을!

추억의 뽀글이 손홍규 · 184
차고 매끄럽고 고요한 연병장 이지누 · 189
구타 유발죄 김경진 · 194
거친 챔피언, 한 뼘 더 성장하다 신동선 · 200
지옥에서 온 발 냄새 황현 · 204
중매쟁이 소대장 김홍신 · 209
미운 놈 카스텔라 하나 더 준다 정재호 · 214
저, 특공대 나왔거든요 우승민 · 219
타임머신을 타면 군대로 가겠다 이상헌 · 224
황소고집 소년, '진짜 사나이' 되다 손진영 · 229
김 병장의 '힐링이 필요해' 네 번째 이야기 · 234

1장

남자의 완성, 군대

도전,
내가 사는 방법

산이란 산은 다 헤집고 다녔다. 설악산에서는 1년 동안 눌러 살기도 했다. 스무 살 초반은 그렇게 절정으로 산에 미쳐 살던 때였다. 산에서 단련된 내가 육군에 갔다면 행군이든 유격 훈련이든 힘들 게 없었을 것이다. 그러나 나는 새로운 삶을 원했다. 도전하고 모험하는 것, 그것이 내가 살아가는 방식이었다. 늘 산에서 살았던 나는 군대에서만큼은 바다에서 살기로 결심했다.

해군에 가면 망망대해를 떠다니는 큰 배에서 고생하며 바다를 지키게 되리라 생각했다. 그런데 입대 후 내게는 행운이 끊이지 않았다. 해군 224기 중 단 다섯 명만이 인천 앞바다로 발령받았는데 내가 그중 한 명이었다. 일부러 산간 오지를 쏘다니던 내가 집 근처에서 근무하게 된 것이다.

게다가 타게 된 배도 제일 편하다는 경비정이었다. 조업 중인 어선들을 검문하는 배였다. 연안에서 출동하면 바다에 사흘 정도 있다가 돌아오곤 했는데, 육지에 있을 때는 딱히 할 일도 많지 않았고 선임과도 가족같이 지낼 수 있었다.

출동해서 하는 일이라고는 하루 내내 밥하는 것이었다. 배 안에 취사병이 따로 없어서 막내인 내가 10인분 내외의 식사를 도맡았다. 가끔 근처를 지나는 어선에서 갓 잡은 생선을 건네주면 가시에 찔려 가며 회를 뜨고 매운탕도 끓였다. '아, 내가 이런 생활을 하자고 일부러 해군에 지원했던가' 후회하기 시작했다.

그렇지 않아도 편한 군 생활이 더할 나위 없이 편해진 것은 내가 타던 경비정에 불이 나 엔진이 망가지면서부터였다. 간부와 선임들이 모두 다른 부대로 발령되었고, 나만 홀로 남아서 남은 부품을 관리했다.

할 일이 많지도 않은데 눈치 볼 선임조차 없으니, 세상에 나만큼 군기 빠진 이등병도 없었을 것이다. 경례도 대충 했고, 살도 눈에 띄게 불었다. 더는 그렇게 생활하고 싶지 않았다. 호기롭게 산을 타던 내 모습이 그리웠다.

그러다 발견한 것이 해군특수전 UDT(수중파괴반) 28기 모집 벽보였다. 육해공 어느 곳으로나 침투 가능한 정예 '인간 병기'가 될 수 있다니, 고생하고 싶은 마음이 굴뚝같았던 내가 딱 원하던 곳이었다. 주위에서는 혹독한 훈련을 견디기 힘들 거라며 말렸지만, 이미 그 길이 내 길임을 확신했다.

나는 다시 훈련병이 된 것처럼 머리를 빡빡 밀고 더플백에 짐을 싼 뒤 훈련소가 있는 진해로 내려갔다. 그때 결의에 찬 내 모습은 제대 후 배낭을 메고 히말라야로 향하던 모습과 다르지 않았다.

UDT 훈련은 내 생에 처음으로 겪은 '극한'이었다. 처음부터 끝까지, 모든 훈련이 그랬다. 그중에서도 가장 혹독한 건 '지옥주' 훈련이었다. 일주일 동안 잠을 자지 않고 밤낮없이 훈련했다. 잠시도 졸 틈을 주지 않았다. 고무보트를 물에 띄우지 않을 때는 항상 머리에 이고 다녔는데, 그 상태로 산꼭대기까지 선착순 달리기를 하고 밥도 먹었다.

담력을 기르기 위해 한밤중에 혼자 화장터에 다녀오는가 하면, 시내 하수구에서 포복을 하기도 했다. '생식주' 훈련 기간에는 아무런 보급품 없이 제주도 근처의 무인도에 버려져 칡뿌리나 야생 동물로 허기를 달래기도 했다. 매일 아침 후회했지만, 견디

고 또 견뎠다. 그렇게 6개월을 보내고 나서야 나는 UDT 대원이 되었다. 그때 느낀 자신감과 뿌듯함은 말로 다할 수 없다.

제대한 다음 해인 1985년 겨울, 처음으로 에베레스트에 도전했을 때다. 눈보라 속에서 얼음 덩어리가 핑핑 총알처럼 스쳐 지나갔다. 죽음의 공포였다. 1992년, 낭가파르바트 원정 때는 동상으로 썩은 발가락 두 개를 잘라 내야 했다. 나는 하산하며 생각했다.

'가자, 가서 다시는 오지 말자.'

그래도 등정을 멈출 수 없었다. 그간 8천 미터가 넘는 히말라야 고봉 16좌를 오르면서 수도 없이 사선을 넘나들었다. 그렇게 극한의 고통과 두려움에 직면할 때마다 나는 젊은 시절 UDT 훈련을 받던 모습을 떠올렸다. 고난이 닥칠 줄 뻔히 알면서도 늘 가 보지 않은 길로 향했다. 그것이 내가 사는 방법이다.

엄홍길

1988년 9월 에베레스트 산을 시작으로 8천 미터가 넘는 히말라야의 고봉 16좌를 모두 오른 세계 최초의 산악인입니다. 산을 오르며 깨달은 자연과 인간에 대한 사랑을 실천하기 위해 '엄홍길 휴먼재단'을 설립했고 네팔의 오지에 초등학교 16개를 세우는 '휴먼스쿨' 프로젝트를 진행하고 있습니다.

사나이로 태어나서!

나는 1969년 4월에 군에 입대하였다. 당시 군의관의 복무 기간은 훈련 3개월과 복무 36개월을 합쳐 총 39개월이었다. 그해 4월의 대구 날씨는 변덕이 심해서 매우 춥고 쌀쌀하다가 갑자기 더워지기도 하였다.

이발소에서 머리를 빡빡 깎고, 입고 간 사복은 정리해서 집으로 보내고, 군복, 군화, 철모, 모포 등을 배정받은 후 내무반에 배치되었다. 잠시 생각에 젖어 있는데 비상 사이렌, 호루라기 소리가 들리더니 전원 연병장에 집합하라고 했다.

긴장된 표정으로 순식간에 연병장에 집합하니 대대장의 훈시가 있었다. 아직 민간인의 습관이 남은 우리는 줄도 잘 못 맞추고, 조금 웅성대고, 행동도 느렸다. 그때 작은 키에 트레이닝복을 입은 장교의 고함소리가 들렸다. 모자에 낙하산(공수) 마크와 중위 계급장을 달았지만 분명 우리보다 어려 보이는 얼굴이었다.

"너희 배때기에 기름기를 좀 빼줘야겠다. 여기가 병원 대합실인 줄 아나? 제대로 해! 여기는 전쟁터다."

순간 눈 깜짝할 사이에 똑바로 서서 줄도 맞추고 재빠르게 행동하는 나와 동료들의 모습을 보았다. 입대한 지 몇 시간 만에 기적 같은 변화가 일어난 것이다.

얼떨떨하게 이삼일을 지내니 한 달간 훈련을 받으러 유격 훈련장으로 간다고 했다.

"전원 완전 군장하고 중대별로 연병장 집합! 5분 내에 실시!"

기적 같은 일이 또 벌어졌다. 99퍼센트의 훈련병(의사)들이 명령을 준수하여 연병장에 모였다. 숨소리 하나 들리지 않았다. 지휘대 위의 대대장을 주시하며 어느덧 절도 있는 모습으로 군인티를 내고 있었다.

"너희는 대한민국 엘리트인 의사들이다. 그리고 대한민국의 자랑스러운 남자다. 남자로서 국가를 지키기 위해 입대한 제군들을 축하한다. 사나이로, 씩씩하고 용맹스러운 대한민국의 군인으로 거듭나기 바란다"라고 말하더니 열중쉬어, 차렷을 백 번 시켰다. 주위에서 훈련 조교, 중대장들이 무시무시한 눈초리로 우리를 쳐다보고 있었다.

유격 훈련장에 도착하니 역시 민간의사 냄새를 뺀다고 호령한 후 구보, 올빼미 체조, 엎드려뻗쳐, 군가 등을 시켰다. 입대하고 며칠 만에 씩씩하고, 단순하고, 용맹스러운 군인의 모습으로 변한 나의 모습이 참으로 신기하게 느껴졌다.

아마도 나폴레옹이 불가능은 없다고 말할 수 있었던 것은 그가 군인이었기 때문은 아닐까. 훈련이 끝나고 완전 군장을 한 채 M-1 총을 들고 게양대의 국기에 대하여 "받들어 총!" 하고 외치던 것을 생각하면 지금도 가슴에 전율이 흐른다. 조국애, 해냈다는 자랑스러움, 대한민국의 군인이라는 자부심은 지금도 감동으로 남아 있다.

"너희는 지성인이고, 의사이고, 나이도 다른 신병들과 다르다. 그러나 대한민국 국군이라는 것은 동일하다."

그때 들었던 훈시처럼 나는 군에 들어가 '의사'라는 직업도, '지성인'이라는 생각도, '기혼자'라는 사실도 모두 잊고 가장 자연

나폴레옹이 불가능은 없다고 말할 수 있었던 것은
그가 군인이었기 때문이 아닐까.
훈련이 끝나고 완전 군장을 한 채 국기에 대하여
"받들어 총!" 하고 외치던 것을 생각하면
지금도 가슴에 전율이 흐른다.

스러운 내가 되는 과정을 경험했다. 그렇기에 자신 있게 말한다. 대한민국의 군인 됨은 영광이라고, 내 인생 최고의 축복이었다고.

다시 한 번 목이 터져라 합창하고 싶다. 제목은 '진짜 사나이', 반동은 '좌에서 우로', 자! 시작!

"싸나이로 태어나서 할 일도 많다만……."

윤방부

선메디컬센터재단 회장 겸 국제의료센터 원장, 연세대학교 명예교수입니다. 한국워킹협회 회장이기도 합니다. 최초의 가정의학 전문의로 한국에 가정의학과를 처음 들여왔고, 세계가정의학회 부회장을 지낸 바 있습니다. 의사는 환자에게 모범이 되어야 한다는 신념으로 28년째 매일 10킬로미터씩 달리며 건강을 유지해 왔습니다. 군에서 하던 체력 관리가 건강 유지에 큰 도움이 되었다고 말하는 그는, 3년 3개월의 군대 생활이 인생 최고의 추억이라고 말합니다.

계산하지 마라

처음으로 내 이름이 신문에 올랐을 때는 서른여섯이었다. 연극 〈고도를 기다리며〉에 출연하고부터였다. 배우로서 주목을 받기 시작하자 1년에 400만 원 정도 되던 수입이 세 배 넘게 늘었다.

그제야 여유가 생겼는지, 이런 생각이 들었다.

'배우 안석환은 앞으로 어떻게 살아야 할까?'

답을 내리기 위해 지나온 인생을 되돌아봐야 했다. 삶의 굽이굽이를 들춰 보며 얻은 여러 지침을 나만의 '인생 십계명'으로 삼고자 했다. 그중 한 가지 중요한 계명을 얻은 곳이 바로 군대다.

제대한 지 30년 가까이 지났는데도 그분의 말씀이 잊히지 않는다. 김수철 하사. 훈련소 시절 우리 내무반장을 맡았던 분이다. 훈련소를 수료하고 자대 배치를 기다릴 때였다. 김 하사님이 작정한 듯 우리에게 말씀하셨다.

"진짜 군 생활은 지금부터다. 군 생활 중엔 계산하지 마라."

명심하고 또 명심하라던 그 말씀, '계산하지 마라'. 당시에는 잘 이해하지 못했지만, 군 생활을 하면 할수록 뼛속 깊이 그 뜻을 깨닫게 되었다.

계산하지 말라는 것은 내가 얼마나 힘들게 많이 일하는지 따지지 말라는 이야기다. 내가 빗자루 한 번 더 드는 것을 남과 비교하지 말라는 말이다. 내가 힘들었던 것을 계산해 두면 그만큼 남을 고생시키려는 보상 심리가 생긴다. 나만 힘든 것 같아 억울해지기도 한다. 그러나 계산하지 않으면, 그대로 나의 덕을 쌓는 일이 되지 않겠는가.

내가 근무한 곳은 강원도 철원의 포병대대였다. 겨울에는 정말, 소변을 보면 그 자리에서 바로 얼어 버릴 정도로 추웠다. 칼바람이 불던 어느 겨울날, 연병장에서 사단장님의 이·취임식이 열렸다. 우리야 내복이라도 입었지, 병사들은 얇은 예복만 입고 얼마나 추웠을지……. 한 트럼펫 연주자는 악기에 입술이 달라

붙어 살짝 찢어져 피가 나는데도 열심히 부는 것이었다.

'저것이구나. 저래야 군 생활을 잘하는 거구나.'

겨울에 초소 근무를 서려면 양말만 세 켤레를 신어야 했다. 나는 그런 것을 따지지 않았다. 자원해서 일요일에도 보초를 섰고, 작업이 생기면 제일 먼저 손을 들었다. 완전 군장 구보 중에 옆 사람의 총을 들어 주었고, 일주일 내내 전투복을 못 벗는 5분 대기조에도 자원했다. 내가 조금 힘들면 동료들이 편하지 않은가.

그렇게 계산하지 않으면, 배려할 수 있다. 나는 연기의 시작이 배려라고 생각한다. 상대방을 어떻게 배려하느냐가 소통의 근본이기 때문이다. 사실 배우는 관객에게 보여 주기 위한 직업이다. 그럼에도 내가 아니라 남이 잘 드러나도록 배려할 필요가 있다. 카메라가 내 얼굴을 찍고 있지 않아도 최선을 다해 연기해야 한다. 그래야 나를 보는 상대방이 제대로 감정을 잡을 수 있다.

나도 무명 시절에는 나만 잘되려고 애썼던 것 같다. 연극 〈마술가게〉에 출연했을 때는 손수 대사를 추가해 3분에 불과했던 출연 시간을 15분까지 늘리기도 했다. 그러나 인생 십계명을 세운 뒤로는 달라졌다.

2010년에 드라마 〈근초고왕〉을 찍을 때는 작품 전체의 흐름

내가 얼마나 힘들게 많이 일하는지 따지지 말자.
내가 힘들었던 것을 계산해 두면
그만큼 남을 고생시키려는 보상 심리가 생긴다.
나만 힘든 것 같아 억울해지기도 한다.
그러나 계산하지 않으면,
그대로 나의 덕을 쌓는 일이 되지 않겠는가.

을 고려해서 내 대사를 빼달라고 제안했다. 내가 얻을 것, 남에게 바라는 것을 계산하지 않고 작품만 생각하며 최선을 다하는 무대 위에서, 나는 행복하다.

돌이켜 보면 나는 군 생활을 무척 열심히 했지만, 그렇다고 그 시절을 긍정적으로 받아들이려 애써 노력했던 것은 아니다. 군 생활은 그저 내 긴 삶의 일부임이 분명했기 때문이다. 계산하지 않고 묵묵히 자기 일을 열심히 하다 보면 언젠가는 더 큰 기쁨을 누리게 된다. 그것이 내가 인생 십계명을 세우고 살아오며 깨달은 인생의 진리다.

안석환

연극 〈고도를 기다리며〉 〈웃음의 대학〉 〈대머리 여가수〉, 영화 〈넘버3〉 〈공공의 적〉, TV 드라마 〈추노〉 〈각시탈〉 등을 통해 명품 연기를 보여 준 배우입니다. 2012년에는 KBS 시트콤 〈닥치고 패밀리〉의 주연으로 시청자들에게 큰 웃음을 선사하였고, 현재는 〈내 손을 잡아〉 〈못난이 주의보〉 등의 드라마를 통해 개성 있는 연기를 보여 주고 있습니다. 그의 인생 십계명 중 첫 번째는 '인내'라고 합니다.

내 인생 최고의 찬스

입대 전 나의 심정은 안타까움 그 자체였다. 내 인생의 2년을, 그것도 찬란한 20대 초반을 군에서 보내야 한다고 생각하니 그 암울함에 몸서리가 났다.

막상 입영 날짜를 받고 나니 군 생활을 허투루 보내서는 안 되겠다는 생각이 들었다. 군대 관련 책을 찾아보고, 선배들을 쫓아다니며 조언을 듣기도 했다. 하지만 대개는 무용담에 지나지 않았고, 무엇 하나 뚜렷하게 와 닿는 이야기는 없었다. 결국 그저 잘 해내겠다는 의지만 품고 입대했다.

훈련소 생활을 마치고, 자대에서 행정병으로 인사과에 배치를 받았다. 엑셀, 파워포인트 등의 프로그램 자체는 익숙했지만 업무적으로 활용해 본 경험이 없어 갈피를 잡기 어려웠다.

그러던 어느 날 고참이 작성해 놓은 파일을 통째로 날려 버리는 실수를 저지르고 말았다. 간부들에게 크게 혼이 났음은 물론이고, 파일 복구를 위해 모든 부서원이 투입되어 열흘이나 야근을 했다. 이후 선임들은 내게 업무가 주어질 때면 그때의 일을 상기시키며 골려 댔다.

자존심이 크게 상한 나는 오기가 생겨 본격적으로 업무 관련 컴퓨터 공부를 시작했다. 원활히 소화해 내는 정도가 아니라 선임들이 내게 조언을 구할 만큼 우위를 갖추고 싶었다. 업무 전후로 남는 시간에 관련 책자를 탐독하고, 가까운 동기들의 도움도 받았다.

능숙하고 빠르게 일을 마무리할 수 있게 되자 선임들은 앞다투어 내게 일을 맡기려고 했다. 이참에 자격증을 취득해 보자고 마음먹었다. 입대 후 1년차가 되었을 때 그리 어렵지 않게 컴퓨터활용능력 1·2급, 워드프로세서 1·2급, MOS 등의 컴퓨터 관련 자격증을 섭렵할 수 있었다.

이때 얻은 자신감으로 더 큰 목표를 세웠다. 남은 1년을 헛되

이 보내지 않도록 내 꿈과 진로에 맞춰서 다른 자격증들도 취득해 보기로 했다. 120여 가지의 자격증 가운데 내 전공인 경제학과 관심 분야에 관련된 것들을 추리고, 수험일과 휴가 일정에 맞추어 계획을 잡았다. 주중 업무가 끝나고 8시부터 10시까지는 무조건 자격증 공부를 하는 시간으로 할애했고, 주말에는 낮잠이나 TV 시청을 자제하고 종교 활동 및 운동 시간을 제외한 모든 시간을 목표 달성을 위해 투자했다.

석 달간 열심히 준비했던 자격증 시험 전날, 부대에 비상이 떨어져 포기했던 일도 있었다. 같은 생활관 전우 다섯 명이 함께 준비했던 자격증이었기에 아쉬움이 더 컸다. 하지만 그 허무함이 오래가지는 않았다. 자격증 취득 자체가 공부의 목적이 아니었기 때문이다. 함께 준비하며 전우애가 더욱 돈독해졌을 뿐 아니라 군 생활 스트레스를 건설적으로 이겨 내고 내실 있는 시간을 보낼 수 있었다.

그렇게 경영컨설턴트 자격증, 한문 자격증, 유통관리사 자격증, 요트 자격증, 증권투자상담사 자격증에 이르기까지 여덟 개의 자격증을 취득했다. 이 밖에도 '통신망에서 단체 주소록 서비스 제공 방법 및 장치' 등 세 개의 특허를 출원했다.

증권투자상담사
요트 자격증
유통관리사 자격증
자격증
자격증
경영컨설턴트 자격증
한문 자격증
특허출원

군 생활 초반에 업무가 익숙지 않아 저질렀던 그 실수가 없었다면 컴퓨터 관련 자격증을 따는 데 그렇게 매진했을까 싶다. 그리고 군대에 가지 않고 학생으로 2년 3개월을 보냈어도 그 많은 자격증에 도전할 마음을 먹고 좋은 성과를 거두었을까 생각하면 자신이 없다. 그래서 감히 말할 수 있는 것은, 군대라는 '위기'가 나에게는 '인생 최고의 찬스'였다는 것이다.

군대에서 취득한 자격증들은 사회 진출을 위해 필요한 소위 '스펙'을 갖추는 데 차고 넘칠 정도여서 다시 학생의 신분으로 돌아온 뒤 홀가분하게 다른 문제들을 고민할 시간을 벌어 주었다. 또 그때 공부해서 습득한 다방면의 지식들은 지금도 큰 도움을 주고 있다.

군 생활을 나를 업그레이드하는 기회로 만들기 위해 가장 중요한 것은 뚜렷한 목표를 세우는 것이다. '군대에서 뭘 할 수 있겠어'라고 생각하지 말고 '군대에서도 뭐든 할 수 있다'는 태도로 실현 가능한 구체적인 목표를 정해 보자.

또한 아직 입대 전이라면 그 목표를 이루는 데 적합한 복무 형태를 선택하는 것도 중요하다. 공군 항공 특기병의 경우 관련 회사 취업 시 군 복무 기간만큼 호봉이 인정되기도 하고, 자동차 정비병이나 어학병 등 특기병들 또한 취업 분야에 따라서 유리한 측면이 있다.

열정과 도전 정신을 가지고 주어진 일에 당당히 부딪쳐 스스로 길을 찾는다면, 군 복무 기간은 나를 위해 투자하는 시간으로 승화될 수 있을 것이다.

박수왕

'소셜네트워크' 대표입니다. 성균관대학교 재학 중 '아이러브캠퍼스' 애플리케이션을 만들었으며, 창업 2년 만에 30억 매출을 달성했습니다. 군 제대 후 군대 2년을 알차게 보낸 사람들의 이야기를 모아 《나는 세상의 모든 것을 군대에서 배웠다》라는 책을 펴냈습니다.

하모니를 배운 시간

매년 스무 차례 넘게 전국의 장병들을 찾아다니며 위문공연을 하고 있다. 물론 나 같은 아저씨가 아니라 예쁜 걸그룹이 가야 환호한다는 것, 잘 안다. 대신에 나는 젊은 병사부터 장교의 가족까지 모두 즐길 수 있는 무대를 준비한다. 내가 이끌고 있는 SBS 예술단의 오케스트라도 기꺼이 동참해 준다.

따뜻하고도 신 나는 레퍼토리로 고단한 군 생활 중에 달콤한 휴식을 마련해 주고 싶은 마음이 가득하다. 사재(私財)를 털어야 하지만, 이 연주회가 나의 1순위다. 내가 무대에서 장병들에게 늘 하는 말이 있다.

"충성! 61042042. 대한민국 육군 병장 김정택입니다."

제대한 지 36년이 지나도 잊지 못하는 나의 군번이다.

나는 육군본부 근무 중대의 행사병이었다. 저녁에 주요 지휘관들의 만찬회가 있을 때면 음악 감독을 맡았지만, 낮에는 다른 병사들과 같이 사역과 훈련에 매달렸다. 지휘와 작곡을 공부하던 나에게 3년에 가까운 군 생활은 경력이 단절되는 암흑기였던 셈이다.

게다가 대학을 졸업한 뒤 입대하여 선임들보다 나이가 서너 살 더 많았다. 세상 참 좁지, 사회에서 알고 지내던 친구의 동생까지도 선임으로 모셔야 했다. 속상한 일이 한두 가지가 아니었다. 어떤 선임은 내가 명문대를 나온 특기병이라는 이유로 심술궂게 괴롭히기도 했다.

그래서 늘 생각한 꼼수가 있었다. 가끔 사다리를 타고 올라가서 부대 마크에 광이 나도록 닦는 작업을 하곤 했는데, '어떻게 하면 거기서 떨어져 다리만 부러질 수 있을까' 하는 것이었다. 국군통합병원으로 '탈출'하기 위한 고민이었다. 결국, 혹여나 잘못되어 중상을 입을까 봐 차마 떨어지지 못하고 모진 군 생활을 버티고 또 버텼다.

세월이 흘러 나를 괴롭히던 일부 선임들도 하나둘 떠났고, 어느새 내가 내무반 최고 선임이 되었다. 때가 된 것이다. 나는 내무실 문화를 완전히 바꾸기로 했다. 나를 힘들게 했던 선임은 나의 원수가 아니라 스승이었다. 반면교사(反面教師)라는 말이 있지 않은가. 나는 후임들을 무조건 인간적으로, 따뜻하게 대했다. 얼차려나 집합 같은 것은 일절 금했다.

한번은 후임인 홍 일병이 외출을 나갔는데, 복귀 시간이 지나도 부대로 돌아오지 않았다. 집안이 부유해 영국에서 유학하던 중 머리를 깎고 입대한 녀석이었는데, 낯선 조직 문화에 적응이 힘들었던 것 같다.

나는 선임하사와 함께 부대 밖으로 홍 일병을 찾아 나섰다. 가까스로 만난 그에게 말했다.

"네 마음 잘 알아. 내가 선임이잖아. 난 널 도와주는 사람이야. 지금 잠시 힘들어도 분명히 다 지나갈 거다. 홍 일병, 나도 정말 힘든 졸병 기간이 있었다. 하지만 결국 지나가더라."

그렇게 세 시간을 설득한 끝에 그와 함께 부대로 복귀할 수 있었다.

이후로 우리의 군 생활은 가슴 벅찬 나날이었다. 늘 마음으로,

인격적으로 후임들을 대하니 통솔이 더 잘되고 훈련 성과도 좋아졌다.

제대한 지 36년이 지난 지금도 우리는 부부 동반으로 가끔 모여 서로 '황 병장', '채 병장'이라 부른다. 그 이름이 자랑스럽고, 그 추억이 즐겁기 때문이다.

성공하는 사람은 방법을 찾고, 실패하는 사람은 핑계를 찾는다고 했던가. 핑계가 아니라 방법을 찾았던 나에게 군 생활은 경력이 단절되는 암흑기가 아니라 날개를 달 수 있는 도약기였다. 우리 부대에는 피아노가 없었다. 대신 나는 종이 위에 실제 크기로 건반을 그렸다. 감각을 잃지 않도록 일과 후 저녁마다 손가락으로 종이 피아노를 두드렸다.

무엇보다 군대 선임이 되어 깨달은 리더십은 지금 우리 예술단을 이끄는 데도 커다란 도움이 되었다. 알다시피 세상에는 '갑과 을'의 관계가 많다. 나는 지휘자로서 갑의 입장이다. 하지만 늘 을의 자세로 단원들을 보살핀다. 아마 우리처럼 가족 같은 오케스트라도 없을 것이다. 그 따뜻한 관계 속에서 훌륭한 하모니가 생겨나는 것을 느낄 수 있다.

지금도 전국의 부대 곳곳에서 맡은 바 임무를 다하고 있을 장

성공하는 사람은 방법을 찾고

실패하는 사람은 핑계를 찾는다고 했던가.

우리 부대에는 피아노가 없었다.

대신 나는 종이 위에 건반을 그리고,

저녁마다 손가락으로 종이 피아노를 두드렸다.

병들이 고맙고, 자랑스럽다. 그래서 나는 오늘도 기쁜 마음으로 지휘봉을 들고 그들에게 들려줄 레퍼토리를 준비한다.

김정택

서울대학교 음악대학 기악과를 졸업했습니다. SBS예술단의 단장으로서 관현악단과 무용단, 합창단을 이끌고 있습니다. 〈밤이면 밤마다〉 〈정말로〉 〈불티〉 〈아직도 어두운 밤인가 봐〉 등의 히트곡을 만들었고, 2002 한일 월드컵 전야제, 2002 대구 유니버시아드 등 국제 행사의 음악을 담당했던 작·편곡가이기도 합니다.

책 읽는 운전병

"주제가 있는 책방, DJ 원기준입니다."

평일 오후 2시면 라디오 부스 안에서 청취자를 찾아간다. 청취자와 책을 잇는 편안한 다리가 되기 위해 노력하고 있다. 내게도 책과 나를 연결해 준 다리가 하나 있다. 바로 군대이다.

어릴 적부터 책 읽기를 좋아했지만, 대학에 가고 연기자 생활을 하면서 점점 책과 멀어졌다. 그러다 입대를 계기로 다시 책과 가까워졌다. 더불어 진정한 나 자신과도 가까워졌다.

1995년 겨울이었을 것이다. 입소대대에서 훈련을 받고 있는데 국방부에서 차출하러 나왔다.

"○년 이상 운전한 사람 손들어."

"서울 사는 사람 손들어."

몇 번의 질문을 통해 추려진 인원에 나도 포함되었다. 승용차를 운전해 본 뒤 다음 날 논산훈련소에 입소했다. 후반기 훈련은 대구 경산의 운전교육대에서 받았다.

훈련이 끝난 후 어디로 가는지도 모른 채 대구에서 출발하는 기차에 몸을 실었다.

"원기준 내려!"

시간이 흘러 갑자기 나를 부르는 소리에 놀라 내렸더니 용산역이었다. 모범장병으로 뽑힌 덕분인지 국방부로 배치받았던 것이다. 서울에 도착했다는 사실만으로도 플랫폼에 입을 맞출 정도로 기뻤다.

처음에는 합참 소속 전략기획 본부장님의 운전병으로 배치되었다. 그런데 내가 완벽주의 성향이 있는 데다가, 내 입으로 말하기는 좀 쑥스럽지만 운전도 잘했다. 그래서 몸이 고되어도 늘 상사를 최상으로 모셨다. 그랬더니 본부장님이 오찬이나 만찬에 가서 종종 내 자랑을 하신 모양이다.

마침 운전병의 제대가 다가왔던 합참 의장님이 그 자랑을 듣고 나를 데려가셨는데, 얼마 후 국방부 장관에 임명되셨다. 원래 국방부 장관의 운전은 직업 군인인 상사가 맡는다. 그런데 장관님은 사병인 나를 운전병으로 두셨다. 그야말로 전무후무한 일이었다.

장관님을 모시려니 스트레스가 굉장히 심했다. 모든 일정을 장관님께 맞춰야 해서 면회나 외박은 물론이요, 일요일과 평일 저녁 자유시간도 내게는 남의 일이었다. 잠깐 쉴 때조차 언제든 운전할 수 있도록 양복을 입고 대기해야 했다. 게다가 차창 밖으로는 시내가 보이니 사회를 향한 갈망을 억누르기가 얼마나 힘들었겠는가.

한번은 63빌딩에서 대기하고 있는데 아는 사람과 마주쳤다. 그 사람은 내가 양복을 입고 있으니 군인인 줄 모르고 "반갑다" 하고 인사했지만 나는 아는 척도 못한 채 장관님을 모셔야 했다. 그 씁쓸함이란…….

주어진 일도 힘든데 내 완벽주의까지 겹쳐서 참 몸이 고달팠다. 비가 오다 말다를 반복하는 날에는 세차만 열 번 넘게 할 정도였다. 비슷한 일상의 반복, 그 가운데 아주 작은 것도 놓치지 않고 신경 쓴다는 것은 온전히 나 자신과의 싸움이었다.

군대가 아니라면 진작 그만두었을지도 모를 일이다. 하지만 나

의 임무라 생각하고 최선을 다하다 보니 극기(克己)를 이룰 수 있었던 것 같다. 제대를 앞두고 후임을 받을 때는 애를 먹기도 했다. 웬만해선 장관님 성에 차지 않았기 때문이다. 결국 상사가 운전하게 되었다.

대기하는 일이 많다 보니 기다림과도 씨름해야 했다. 그래서 책을 읽기 시작했다. 국방부 내 민원봉사실 단골이 되었다.

나는 항상 책을 사서 읽고, 절대 버리지 않는다. 첫 장에 책을 사게 된 경위와 읽기 전 느낌을 쓰고, 마지막 장에는 책을 읽고 난 느낌을 써놓는다. 그렇게 백 권이 넘는 책을 읽으니 마음이 다스려지고 나를 돌아보게 되었다. 세상에서 자신이 최고인 줄 알았던 천방지축 청년이 그제야 온전히 '인간 원기준'과 마주하게 된 것이다.

그리고 그때 얻은 내적 자산은 이후 내 삶을 지탱하는 힘이 되어 주었다. 제대 후 두 번째로 출연한 드라마가 조기 종영하면서 수입이 없어 많이 힘들었다. 그때도 인내심을 가지고, '내가 못할 게 뭐가 있는가' 하는 생각으로 웬만한 아르바이트는 다 해보았다. 대리운전도 하고, 새벽에 바닷물과 활어를 실어서 서울 횟집에 납품하는 물차 운전도 했다.

그렇게 때를 기다리다 보니 기회가 생겼고, 다행스럽게도 지금까지 연기를 하고 있다. 곧 독도를 수호하는 영화 〈놈이 온다〉 촬영에 들어간다. 대한의 건아 원기준, 군에서 나라를 지켰던 마음으로 이제는 독도 지키기에 골몰해 보련다!

원기준

1994년 SBS 공채 탤런트로 데뷔해 드라마 〈주몽〉 〈식객〉 〈제중원〉 〈구암 허준〉, 영화 〈꼭두각시〉 등에서 다양한 역할을 선보였습니다. 현재 EBS 라디오 〈주제가 있는 책방〉 진행과 영화 〈놈이 온다〉 촬영으로 바쁜 나날을 보내고 있습니다. 책 앞뒤로 두 쪽씩 있는 여백 중 한 쪽을 자신이 채웠으니, 남은 한 쪽은 아이들이 채우면 좋겠다는 소망을 가지고 있습니다.

기본기는 군대에 있다

군에 입대하기 전, 나는 가족과 친구 등 주변 사람들에게 많은 걱정을 안겨 주었다. 일단 하얀 얼굴 때문인지 선임에게 괴롭힘을 당할 것 같다는 의견이 많았다. 체력이 약해서 훈련을 버티기 힘들 것 같다고 걱정하는 이도 있었다. 심지어 아무리 고참병이 괴롭히고 체력적으로 힘들어도, 탈영하면 사회에서 전과자가 되니 꾹 참으라는 협박 아닌 협박을 하는 이도 있었다.

부모님은 아들의 군 입대가 가까워지자 제발 전방만은 가지 않기를 기도했다. 하늘은 부모님을 배신했다. 나는 강원도 고성, 즉 최전방에서 군 생활을 했다. 주특기마저 보병 중에 가장 힘들다는 81밀리미터 박격포, 중화기 중대였다. 당시 이등병은 훈련 중에 81밀리미터 박격포의 포판을 메야 했다.

엎친 데 덮쳤다고, 내가 입대한 지(1994년 4월) 얼마 안 되어 북한의 김일성이 사망했다. 문제는 그 이후 비상경계 태세가 수시로 발동되어, 그때마다 포판을 메고 험하디험한 강원도 높은 산에 올라가야 했다는 것. 20킬로그램이 넘는 포판을 거북이처럼 메고 오르는데, 진짜 힘들었다. '여기서 죽겠구나' 싶기도 했고 '도망가고 싶다'는 마음이 굴뚝같았다.

남은 군 생활을 정신력으로만 버틸 수는 없었다. 그래서 결심했다. 체력을 키우기로. 나는 매일 하루 일과가 끝나면 체력단련실에서 아령, 철봉, 벤치프레스 등을 이용해 한 시간 넘게 체력, 특히 근육 훈련을 하기로 작정했다. 그렇게 쉬지 않고 훈련했고, 체력은 훈련한 만큼 좋아졌다. 가슴은 단단한 근육질이 되었고 다리는 튼튼해졌다.

내가 보아도 신기할 정도였다. 군 생활 동안 수많은 산 정상에 포판, 포 다리를 메고 올랐지만 한 번도 낙오되거나 포기한 적이 없었다. 당시 근육질 몸으로 산 정상에서 포판을 들고 만세 포즈로 찍은 사진을 지금도 집에 전시하고 있다.

포병으로 군 생활을 하던 도중 나는 관측병이 되었다. 소대 관측병은 전임 관측병이 후임자를 임명하는 식인데 공부를 잘하는 것도 아니고 잘해 보인다는 이유로, 관측병에 낙점되었다.

표적을 확인해서 박격포 사격을 유도하는 관측병 보직은 포판을 직접 어깨에 메고 적진에 포를 발사하는 포병에 비해 육체적으로는 덜 힘들었다. 하지만 혹시라도 관측을 잘못하면 민가에 포탄이 떨어져 인명 피해가 생길 수도 있어 정신적으로 굉장히 부담스러웠다. 비록 몇 개월이지만 관측병을 하면서 내 행동에 대한 책임감을 갖게 되었다.

남들은 보통 하나의 보직을 맡기 마련인데, 웬일인지 나는 기간제 보직인 관측병에 이어 다시 중대 보급병을 맡게 되었다. 중대 보급병의 업무는 중대원들에게 군 복무 시 필요한 의복, 물품 등을 보급하는 일이다. 훈련 시에는 산등성이에 흩어진 부대원들의 머릿수에 맞게 밥과 식수를 분배하기도 했다. 모든 중대원이 불편 없이 군 생활과 훈련을 할 수 있도록, 어떻게든 보다 많은 최상급의 보급품을 얻기 위해 나는 처절한 영업을 했다.

지금도 생생하다. 연대에 가서 우리 중대원에게 필요한 양질의 군화와 전투복을 구해 복귀하자 중대장님과 소대장, 그리고 중대원들이 나를 열렬히 환영해 주던 모습이. 추운 겨울날 전우들이 내가 가져온 따스한 국물과 김치, 밥을 먹으며 환하게 웃던 순간은 절대 잊을 수 없을 것이다.

군대에 가면서 무엇을 얻겠다고 다짐하지는 않았다. 하지만 2년간의 군 생활은 나를 이전과는 완전히 다른 사람으로 만들었다. 나는 지금 10만 명의 사이버 외교 사절단 '반크'의 대표로 대한민국을 전 세계에 알리는 일을 하고 있다. 일곱 시간의 바닷길을 건너 반크 대원들과 독도에 가기도 하고, 세계 빈곤 문제를 해결하기 위한 활동도 한다. 단장으로서 필요한 체력, 책임감, 조직 관리, 업무 경험, 리더십의 기본기를 얻은 곳은 바로 군대였다.

여러분도 기억했으면 좋겠다. 20년 후 여러분의 인생을 만들 가장 중요한 기본기를 바로 군대에서 배우고 있다는 사실을 말이다.

박기태

사이버 외교 사절단 '반크' 단장입니다. 제대 후 대학생 때 수업 과제로 만든 펜팔 사이트를 통해 반크를 설립했습니다. 이후 한국 청년들을 사이버 외교관, 한국 홍보대사로 양성하는 'PRKOREA 20만 프로젝트'를 전개하고 있습니다. 현재는 10만 명의 청년들과 전 세계 곳곳에 대한민국을 알리며 지구촌을 변화시키는 다양한 활동을 하고 있습니다. 《사이버 외교관 반크》 《우리가 바로 대한민국입니다》 등의 책을 썼습니다.

누구에게나
연평도는 있다

신병 훈련소에서 훈련을 마치고 무작위로 각자의 근무지를 추첨할 때였다. 이미 '굴렁쇠 소년'으로 유명세를 치른 내가 북한 땅과 마주한 외딴 섬 연평도에 배정되자 동기들은 웅성댔다.

"재 연평도래."

"어떻게 거길 가냐?"

그렇게 얼떨결에 극소수만 가게 된다는 연평도와 인연을 맺었다.

'왜 하필이면 내가 연평도로 가게 되는 걸까?'

이런 한숨 섞인 푸념만 계속 내뱉었다.

처음에는 섬에서 생활한다는 것보다 군 생활 자체가 어려웠다. 동기들만 있는 훈련소에서는 몸만 힘들었는데 선임들과 실무를 하게 되니 몸과 마음이 모두 힘들었다. 어리바리하게 다니거나 챙겨야 할 물건을 못 챙겨 혼이 나기도 했고, 야간에 근무 나갔다가 암구호를 잊어 당혹스러웠던 일도 있었다. 더군다나 해병대 특유의 위계질서는 체대를 다니던 나에게도 쉬운 일이 아니었다.

그럭저럭 군 생활이 익숙해지자 그제야 섬 생활의 고충이 느껴졌다. 외박은 나갈 수 없고, 외출을 나가도 갈 곳이 마땅치 않았다. 섬 안에 달랑 하나씩 있는 중국집, 노래방, PC방에서 전 부대원이 마주칠 정도였다.

배가 하루에 한 번씩 다니다 보니 면회도 힘들었다. 식수는 또 왜 이리 짠지. 한번은 겨울에 물탱크가 터졌는데 그때는 씻을 물도 마실 물도 부족했다. 보일러가 고장 나서 찬물로 겨우 샤워를 하기도 했다.

섬이다 보니 부식도 충분치 않았다. 게다가 나는 외곽 초소에서 주로 근무했기에 섬 중심에 있는 매점이 너무 멀어 다녀오기가 쉽지 않았다. 어쩌다 가끔 매점에 가면 그간 못 먹은 것, 또 앞으로 못 먹을 것까지 계산해 엄청난 양을 사 왔다. 처음에는 행복감을 느끼며 먹다가 막바지에는 구토를 참으며 꾸역꾸역 힘겹게 위 안으로 밀어 넣곤 했다.

하지만 무엇보다 힘들었던 것은, 긴장을 멈출 수 없는 일상이었다. 연평도는 그야말로 전선(戰線)이었다. 꽃게 철이 되면 중국과 북한의 어선들이 북방한계선 근처에서 얼씬거렸다. 국가의 중대사가 있을 때도 경계가 강해지기 마련이었다.

그날은 2002년 6월 29일. 한국과 터키의 월드컵 3·4위전이 있던 날이었다. 제2차 연평해전이 터졌다.

근무를 쉬는 날이면 놀러 가 헤엄치곤 했던 놀이터. 일출과 일몰을 품은 찬연한 바다. 아침저녁으로 수색했던 암연의 바다. 그곳에서 전우가 주검이 되어 돌아왔다. 무서웠고, 분했고, 억울했으며 슬펐다.

지금 다시 생각해 봐도 계속해서 드는 의문이 있다.

'내가 어떻게 해서, 왜 하필이면 연평도로 가게 되었을까?'

전역 후 시간이 한참 흐르고 나서야 비로소 나는 이 질문의 해답을 찾을 수 있었다.

전역하고 배우 활동을 시작한 나는 꽤 힘든 시간을 보냈다. 도

아무 의미 없는,
그저 우연과도 같은 일들이 모여
운명이 되는 법이다.
우리가 내뱉는 단어 하나하나가 모여
이야기를 이루고 인생이 되는 것처럼.
남들이 보면 운이 없다거나 시간 낭비라고 여길지라도,
그런 것들이 바탕이 되어 나의 앞날을 비추는 법이다.

저히 다른 어떤 일도 할 수 없을 정도로 힘겨웠던 날, 나는 연평도에 가기로 결심했다.

해병대에 입대할 때 큰 영향을 주신 태권도 사범님이 여비로 돈 50만 원을 쥐어 주셨다. 다시 찾은 그곳은 근무하던 시절과 참으로 비슷하면서도 달랐다. 만감이 교차하는 가운데 섬 이곳저곳을 돌아다니던 나는 촬영 중이던 KBS 예능 프로그램 〈1박 2일〉 팀을 우연히 만나게 되었다.

영화나 소설에서 일어난 일이라 해도 지나치게 작위적이라고 비난할 만한 사건이었다. 그런데 그런 일이 일어났다. 그리고 그 방송을 본 케이블 TV 프로그램 〈롤러코스터〉의 PD가 나를 캐스팅했다.

하필이면 근무하게 된 연평도, 하필이면 힘들 때 찾은 연평도에서 하필이면 만나게 된 〈1박 2일〉 팀. 지금도 여전히 배우 생활을 할 수 있는 이유가 하필이면 가게 된 섬, 연평도가 있어서라면 비약일까?

나는 그렇지 않다고 생각한다. 아무 의미 없는, 그저 우연과도 같은 일들이 모여 운명이 되는 법이다. 우리가 내뱉는 단어 하나하나가 모여 이야기를 이루고 인생이 되는 것처럼. 남들이 보면

운이 없다거나 사서 고생한다거나 시간 낭비라고 여길지라도, 그런 것들이 바탕이 되어 나의 앞날을 비추는 법이다.

누구에게나 연평도는 있게 마련이다.

윤태웅

소년 시절, 1988년 서울 올림픽 개막식에서 굴렁쇠를 굴리며 주목을 받았습니다. 이후 체육대학에서 태권도를 전공했지만, 해병대를 전역한 후 배우의 길을 택했습니다. 배우 박정자와 함께 연극 〈19 그리고 80〉의 주연을 맡으며 데뷔했고, 뮤지컬 〈오! 당신이 잠든 사이〉에 출연하기도 했습니다.

결국 모두 행운이었다

유럽으로, 미주로, 아프리카로, 중앙아시아로, 오세아니아로……. 15년 동안 와인과 포도밭을 찾아가는 여행에 고난보다는 행복과 즐거움이 가득했다. 책으로 정보를 얻는 것은 한계가 있었다. 와이너리(와인을 양조하는 곳)를 직접 보지 않으면 성에 차지 않았다. 이렇듯 해외 19개국의 와이너리를 지치지 않고 돌아다닐 수 있는 체력을 길러 준 곳도, 새로운 삶을 개척하고 모든 일을 긍정적으로 대하는 태도를 배운 곳도 군대였다.

나는 논산 훈련소에서 훈련을 마치고 4.2인치 박격포 FDC(사격지휘소) 특기병으로 배정받았다. 고등학교 때부터 수학이 싫어

문과에 지원했던 내가 정작 군대에서 FDC에 배치된 것이다. 박격포를 쏘기 위해 적군까지의 거리, 바람의 세기, 포의 각도, 진지(陣地)의 고도 등 여러 수치를 계산하는 것이 나의 임무였다.

실망이 컸지만 나는 군인이었고, 맡은 임무를 피할 수는 없었다. 교육을 받는 몇 개월 동안 남모르게 힘든 시간을 보내야 했지만, 언젠가는 최고의 사격지휘병이 될 것이라고 굳게 믿었다.

육군 불무리 사단의 전투 지원 중대에서 근무했던 나는 특별한 사단장님을 만났다. 그분은 사단 내 모든 장병을 '몸짱'으로 만드는 비전을 추진하고 계셨다. 일명 '육체미 사단'이었다. '나의 체력이 곧 국력이기에 나의 건강도 군대가 책임지는구나' 하는 생각이 들어 즐거웠다.

그러나 훈련은 만만치 않았다. 일과 후에 이루어지는 아령과 역기 들기, 태권도 훈련은 군대답게 강도가 높았지만 마른 체질인 나의 근육은 좀처럼 모습을 보여 주지 않았다. 사단장님이 매달 검열을 오실 때마다 아직 육체미를 갖추지 못한 나는 벙커로 보수 작업을 나가야 했고, 검열이 끝나면 귀대하여 틈나는 대로 아령을 들고 턱걸이를 했다.

6개월 후 드디어 나는 사단장님 앞에서 당당하게 검열을 받을

수 있었다. 웃통을 벗고 팔을 구부려 이두박근을 뽐내고, 뒤돌아서 넓은 등 근육도 자랑했다. 해외 출장이 잦은 지금도 건강하게 쉼 없이 사회 활동을 할 수 있는 것은 그 시절 육체미 훈련으로 쌓은 기초 체력 덕분이라고 생각한다.

한번은 상병일 때 전방의 탄약고로 파견 근무를 나간 적이 있다. 사단에서 예고도 없이 검열을 나왔는데, 내가 근무를 섰던 보초 구역만 빼고 모든 구역이 근무 태만으로 지적을 받았다. 다른 병사들이 징계를 받는 가운데 같이 근무를 섰던 후임병과 나만 근무수칙을 잘 지켰다고 포상휴가를 받았다.

속 좁은 선임들의 질시를 받으면서 부대를 나왔지만 기분이 나쁘지 않았다. 누가 보지 않아도 늘 성실하게 일한 것에 대한 보상이라고 생각했다.

가장 기억에 남는 것은 제대를 얼마 남기지 않고 휴가를 나갔을 때다. 고향 문경까지 이틀이 걸려 도착했는데, 사단 내 연대별 사격대회가 있으니 급히 귀대하라는 전보가 날아왔다. 어머니 얼굴을 보자마자 짐을 쌌다. 내가 선임 사격지휘병이고 부대의 명예가 걸려 있기에 복귀할 수밖에 없는 노릇이었다.

급히 귀대하여 사격장에 나갔다. 그간 훈련한 대로 침착하게 계산하여 필요한 수치를 포병에게 전달하니 박격포의 탄알이 멋지게 목표물에 명중했다. 대회를 멋지게 마치고 다시 휴가를 나오니, 마음이 가볍고 보람찼다.

'긍정적으로 생각하자. 진취적으로 행동하자. 후회하지 말자.'

내가 군 생활 3년 동안 늘 가슴에 품고 지킨 세 가지 덕목이다. 수학을 정말 싫어하던 내가 사격지휘병이 된 것도, 마른 내가 '육체미 훈련'을 받게 된 것도, 휴가를 나오자마자 소환된 것도 결국 모두 행운이었다. 그 과정에서 느낀 보람과 즐거움이 배가 되었기 때문이다.

군대는 삶의 일부다. 열린 마음으로 자연스럽게 받아들인다면 얻을 것이 참 많다. 나는 행복하게 사는 방법을 군대에서 배운 셈이다.

고재윤

(사)한국국제소믈리에협회의 회장입니다. 와인의 불모지였던 한국에서 소믈리에를 양성하기 시작했고, 와인 산업의 발전에 이바지한 공로를 인정받아 프랑스 보르도의 '쥐라드 드 생테밀리옹(Jurade de Saint-Emilion)' 와인 기사 작위와 부르고뉴의 '슈발리에 뒤 타스트뱅(Chevaliers du Tastevin)' 작위를 받았습니다. 세계 20여 나라의 와이너리를 돌아다닌 경험을 바탕으로 《와인 커뮤니케이션》을 비롯하여 《워터 커뮤니케이션》 등을 저술했습니다.

으아~!
무적 해병대 정신

나는 축구를 사랑한다. 열한 살 때 시작해 열정적으로 빠져들었던 축구. 그래서 축구 선수를 꿈꿨지만 열세 살 때 아버지께서 갑자기 돌아가신 후 꿈을 접고 음악 인생을 시작했다.

나는 일단 마음에 들면 미치도록 파고드는 성격이다. 어머니 말씀으로는, 어릴 때도 밥상만 보면 숟가락, 젓가락으로 두들겼다고 한다. 학교에서 밴드부 활동을 하다가 졸업하고 그룹사운드에서 활동하던 중에 군대 영장이 나왔다. 음악을 계속하고 싶은 마음에 해군 홍보단에 지원했는데 정원이 꽉 차서 갈 수가 없었다.

그래서 복무 기간이 30개월로 짧고(그 당시 육군은 36개월이었다) 멋있고 남자답다는, 빨간 명찰에 팔각모의 사나이가 되기 위해 해병대에 지원했다. 지금은 몸무게가 90킬로그램으로 불어 배가 남산만큼 나왔지만 20대에는 몸무게 60킬로그램의 '날쌘돌이'였던 나는 신체검사에 합격해 당당히 해병대에 입대했다.

1980년 4월 2일. 용산에서 진해로 가는 기차를 탔다. 타자마자 '바가지' 헬멧을 쓴 해병 헌병의 카리스마에 기가 죽어 '으아, 난 이제 죽었구나' 생각했다.

그러나 어쩌랴. 말로만 듣던 해병대의 소굴로 자진해서 들어왔으니 이제 와서 후회해도 소용없는 일이었다. 일단 부딪쳐 보고 견디는 수밖에 없었다. 해병대 훈련은 그야말로 고되었다. '스물두 살에 내 인생 끝나는 거 아닌가?'라는 생각이 들 정도였으니 말이다.

그래도 포기할 수는 없는 법. '도전하면 안 되는 게 없다! 모든 것이 마음먹기에 달렸다!'고 다짐하며 이를 악물고 어떠한 훈련도 참고 이겨 냈다. 그러고 나니 기적이 일어났다.

아, 잊지 못할 천자봉! 해병대 401기 동기생들과 함께 해병혼의 상징인 천자봉 정상에 오른 것이다. 땀으로 얼룩진 빨간 명찰에 노란 글씨로 '김흥국'이라는 이름이 새겨졌다. 이후 해병대 전투복을 입고 포항 72대대 7중대 3소대에서 2년을 보내고 1982년 10월 30일에 전역했다.

여러 가지 잊지 못할 사연이 많지만 그중에서도 고무보트를 이용하여 적의 해안에 기습적으로 상륙해 적을 공격하는 기습특공 훈련(IBS)은 잊을 수가 없다. 한계에 도전해 불가능을 가능케 하는 무적 해병. "한 번 해병은 영원한 해병"이라는 말을 몸소 체험한 것이다.

처음에는 '과연 내가 해낼 수 있을까?' 두려웠지만 해병대 생활은 내가 더 크게 성장할 수 있는 계기가 되었다. 30여 년 동안 방송 생활을 하면서 여전히 많은 사랑을 받을 수 있는 것도 바로 해병대 정신이 있었기에 가능했다.

우스개로 '들이대' 해병대의 총장인 나는 마음만큼은 언제나 변함없는 10대 가수다. 항상 자신의 자리에서 최선을 다하고 열심히 살아야 한다. 해병대 정신으로……. 기러기 아빠 생활도 올해로 15년째, 사랑하는 나의 가족을 위해 나는 계속 방송에 들이대고 있다. 무엇에나 강하지만 사랑에는 약한 해병대가 아닌가.

나는 해병대로서 자부심을 가지고 어디를 가나 젊은이들에게 해병대 입대를 권하곤 했는데, 양아들인 가수 이정이 나의 바람대로 해병대에 다녀와서 무척 자랑스럽다.

모두 건강하시고 해병대 많이 사랑해 주세요. 으아~! 필승!

김흥국

넘어질 듯한 춤과 흥겨운 리듬으로 유명한 〈호랑나비〉를 부른 가수이자 라디오방송 진행자입니다. 축구 마니아로도 유명한 그는 2001년 한일월드컵 안전홍보위원, 2009년 국방홍보원 홍보대사로 활약하기도 했습니다. 2000년에는 김흥국장학재단을 설립하여 매년 10명의 어린이들에게 장학금을 수여하고 있습니다. 그의 본 직업은 가수지만, 개그맨보다 더한 익살로 많은 예능오락 프로그램을 누비고 있습니다.

김 병장의 '힐링이 필요해' 첫 번째 이야기

휴가만 다녀오면 우울? 현재를 살아가기!

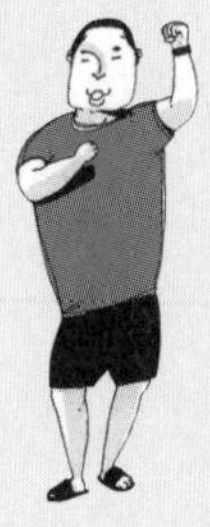

일찍이 예비역 K씨는 재입대보다 더 끔찍한 악몽은 휴가 후 복귀하는 꿈이라고 말하였다. 멀쩡하게 군 생활을 잘만 해오던 친구들도 휴가만 다녀오면, 한동안은 일명 '복귀 우울증'에 시달리며 정신줄을 놓고는 한다.

휴가만 나가면 시간은 빛의 속도로 지나간다. 짧은 기간에 무언가 대단한 것을 해야 한다는 압박감에 시간이 더 빠르게 가는 것처럼 느껴진다. 그렇게 4박 5일을 4.5초처럼 보내고 복귀한다. 그 기분은 말로 표현하기가 힘들다.

훈련소야 아무것도 모르고 입대했지만, 이제는 군대가 뭔지 알기 때문에 복귀가 더 두렵다. 복귀하는 날 아침이면 가방을 메고 등교하는 또래의 학생들이 부럽게만 느껴진다. 그야말로 웃는 게 웃는 게 아니고 걷는 게 걷는 게 아니다.

부대 정문을 넘어서면 공기부터 다르다. 이제 사회에서의 일들은 꿈결처럼 느껴진다. 자신은 늑대 무리에 홀로 떨어진 한 마리의 양과 같다 생각한다. 안 그래도 심란하고 마음속이 울렁거리는데 선임과 동기들이 관심의 화살을 날린다.

"휴가 때 뭐하고 놀았어?"

이 정도는 약과다.

"막내야, 휴가 얼마 남았어? 난 3일 남았는데……."

복귀한 지 두 시간밖에 안 되었는데 이런 말이 날아오면 어휴, 울화통이 터진다.

현재를 살지 못하는 군인

휴가가 한참이나 남았다는 사실에 더없이 우울하다. 휴가만 바라보고 사는 것이 대부분 군인들의 모습이다. 군인들은 현재를 살지 못하고 있다. 그렇게 무언가만을 기다리면서 지나가 버린 시간들은 내 삶이 아니란 말인가? 순간순간이 모두 나의 젊음이며 삶의 일부분이다. 지금 이 순간에도 '우리의 젊은 날들'은 맥없이 흘러가고 있다.

중요한 것은 오늘, 이 순간에 일어나는 일이다

말라 버린 영혼에게 단비 같은 책이 있으니 바로 《그리스인 조르바》다. 주인공 '조르바'는 진정한 자유인이다. 현재에 집중하고 순간을 사랑하는 사람이다. 워낙 기분파라 만약 선임의 성격이 조르바 같다면 조금 생각을 해봐야겠지만 말이다.

> 내게 중요한 것은 오늘, 이 순간에 일어나는 일입니다. 나는 자신에게 묻지요. 〈조르바, 지금 이 순간에 자네 뭐하는가?〉 〈잠자고 있네.〉 〈그럼 잘 자게.〉 〈조르바, 지금 이 순간에 자네 뭐하는가?〉 〈일하고 있네.〉 〈잘해 보게.〉 〈조르바, 지금 이 순간에 뭐하는가?〉 〈여자에게 키스하고 있네.〉 〈조르바, 잘해 보게. 키스할 동안 딴 일일랑 잊어버리게. 이 세상에는 아무것도 없네, 자네와 그 여자 밖에는. 키스나 실컷 하게.〉
>
> _니코스 카잔차키스, 《그리스인 조르바》 中

일상의 반복, 외로움, 지루함, 통제 등 부정적인 단어들이 먼저 연상되는 곳이 군대이다. 조르바는 이곳에 간단한 질문을 던진다. '나는 행복해, 내 삶은 자유로워!'라는 외침이다. 사실은 아무것도 없다. 페이크(fake)다. 하지만 무엇이든 의미가 있다고 생각해야 삶이 삶다워지며, 그 순간이 자유로워진다. 그것부터가 시작이다.

행복은 멀리 있지 않고 지금, 여기에 있다. 내가 슬퍼하고 우울해한들 이 젊음만 사라지는 것이다. 안절부절못하는 대신 오늘을 즐기라!

> "당신은 한 가지만 빼고는 다 갖췄어요. 광기! 사람이라면 약간의 광기가 필요해요. 그렇지 않으면……."
>
> "그렇지 않으면?"
>
> "감히 자신을 묶은 밧줄을 잘라 내어 자유로워질 엄두조차 내지 못하죠."
>
> _니코스 카잔차키스, 《그리스인 조르바》 中

삶이란 찾는 것이 아니라 키워 나가는 것이다. 그러기 위해서는 '자신을 묶은 밧줄'을 끊을 용기도 필요하다. 현재를 잡아야 한다. 목표나 방향도 없이 막연히 '미래'만 바라보고 사는 것. 즉 '제대'만 바라보고 살아가는 내 모습부터 바꿔 나가야 한다.

가장 소중한 것은 무엇일까?

현재를 살라고 하면, 잘못 이해하는 이들이 있다. 단순히 순간을 즐기거나 쾌락에만 집중하라는 말이 아니다. 현재의 삶에 충실해야 하고, 나름 삶의 포인트가 있어야 한다.

"산소 아깝게 왜 사세요?"라는 질문에 당당히 답할 수 있으면 된다. 현재의 삶은 그에 대한 답을 만들어 가는 과정이다. 물론 성취가 행복을 가져올 때도 있다. 하지만 그보다는 성취를 향한 과정에서 찾아오는 행복이 더 가치 있지 않을까?

해바라기처럼 휴가만 바라보며 살아가는 모습에도 이제 변화가 필요하다. 군 생활도 결국은 내가 거쳐야 할 의미 있는 과정이라 생각하자.

가장 소중한 순간은 지금이며,

가장 소중한 일은 지금 하고 있는 일이며,

가장 소중한 사람은 지금 내 앞에 있는 사람이다.

_레프 톨스토이

❖ '현재를 사는 것'과 관련된 추천 도서

《그리스인 조르바》, 니코스 카잔차키스, 열린책들, 2009.

《인생학교 일》, 로먼 크르즈나릭, 쌤앤파커스, 2013.

《이방인》, 알베르 카뮈, 민음사, 2011.

2장

꽃보다 군인

남자는 말야, 군대 갔다 와야 해

남자들이 술 마실 때 늘 경계해야 하는 이야기는 바로 군대 시절 에피소드다. 그 이유는 우선, 이야기가 한도 끝도 없이 이어져 최소 두 시간은 간다는 것. 그래서 동석했던 여성들이 하품하다 그럼 우리는 먼저 이만, 하고 자리를 뜰 가능성이 커진다. 여자들이 가건 말건, 내가 더 고생을 했네, 니가 덜 고생을 했네 하다 보면 술이 한 병, 두 병 끝도 없이 늘어나 결국 술자리의 끝이 어떻게 됐는지 기억하지 못하게 된다.

오, 바보 같은 남자들. 순수했지만 우매했던 청춘 시절의 이야기를 가지고 왜 그리도 침을 튀기고 난리들인지. 전방이니 JSA니

그딴 경험 하나 없어도 영화만 잘 만드는 게 박찬욱 감독 아니었던가.

지금 주변에는 '알파걸'들이 얼마나 많은가. 잘난 여자들에게 쥐여살면서 한껏 위축된 남성성을 그나마 좀 깨워 보려는 안타까운 노력이 그렇게 실컷 군대 시절 이야기를 하며 뽐내는 것으로 나타나는 게 아닌가 싶다.

군대 생활을 한 지 물경 30년이나 됐다. 스무 살에 군에 입대했으니, 지금 생각하면 참 그렇다 싶다. 스무 살밖에 안 된 '애'를 데려다 뭐에 쓰려고 했을까. 그러니 정말 철없고, 아무것도 모르던(그러나 세상을 다 아는 척하고 살았던) 시절의 이야기다.

아직도 기억이 난다. 이등병 때 서울 토박이라고 고참들에게 놀림을 많이 당했다. 그러던 어느 날, 겨울을 앞두고 나무에 새끼를 꽈서 두르는 작업을 두고 왜 하는 건지 아느냐는 질문을 받았다.

"나무가 얼어 죽을까 봐 이렇게 하는 겁니다!"

뭣도 모르고 이렇게 대답했다가 맞아 죽을 뻔했다. 병장이 킬킬대면서 내 머리를 콩콩 두드렸던 게 생각난다. 벌레를 잡으려는 것이 목적임을 꿈에도 몰랐던 것이다.

도시에서 자라 육체노동이라고는 한 번도 해보지 않았던 나는, 거의 매일같이 있는 작업이 처음에는 고역이었다. 낫질, 삽질, 곡괭이질은 아무리 열심히 해도 다른 사람 작업량의 10분의 1에 불과했다.

내가 '그 모냥'이니 분대원들은 늘 내 몫까지 더 해야 했다. 사람들이 군대 동기라면 왜 제대 후 한참 지나서도 반갑게 껴안고 등을 두드리는지 아는가. 아무리 나처럼 비리비리 쓸모없는 분대원이 있더라도 늘 아무 말 없이 그 고통을 나누려 했던 사람들이기 때문이다.

몸무게 53킬로그램에 불과했음에도 불구하고 81밀리미터 박격포 중화기 중대에 배속되었던 나는 일병 때까지 일명 '똥포'를 메고 행군하면 늘 낙오하기 일쑤였다. 나보다 대개는 두 살, 세 살이 많았던 동기들은 50킬로미터도 못 가 퍼지기 시작하는 나를 대신해서 나머지 50킬로미터를 그 무거운 포를 들고 가야 했다.

아직도 기억이 난다. 동기들, 심지어 한 기수 아래 후임병들은 행군 도중 흐물흐물 제대로 걷지도 못하는 내 곁으로 슬며시 다가와 포판 혹은 포열을 자기 어깨로 옮겼다. 그리고 복귀하는 내

어떤 사람들에게 있어 군대 시절이란
고통과 눈물의 나날일 수 있다.
내게도 그렇다.
하지만 결코 그렇게만 기억되지 않는 것은
결국 '사람'들이 있었기 때문이다.

내 자기들끼리 나눠서 그것을 들고 갔다. 어떤 동기는 심지어 내 M16도 뺏어 들고 갔으며, 나중에는 내 철모까지 들고 갔다.

부대로 복귀하고 나서 미안하고 수치스러워 내무반 구석에 조용히 앉아 있는 내게 소대원들이 지나가며 얘기하곤 했다.

“야 오동진이, 오늘 끝까지 해냈어. 수고했다.”

그때 나는 왈칵 눈물을 쏟곤 했다. 그 시절에는 웬 눈물이 그리 많았는지 원.

어떤 사람들에게 있어 군대 시절이란 고통과 눈물의 나날일 수 있다. 내게도 그렇다. 하지만 결코 그렇게만 기억되지 않는 것은 결국 ‘사람’들이 있었기 때문이다. 살아가면서 뭔가 나누는 행위를 경험하기란 쉽지 않다. 내게 군대 시절은 그것을 경험한 시기였다.

요즘에 나는 군대 동기나 후임을 만나면 존댓말을 쓴다. 나보다 나이가 많으니까 당연하다. 그런데 그것은 꼭 그 때문만은 아니다. 고마움 때문이다. 사회적 기준으로 보면 그들은 나보다 못 배우고, 가진 것이 적으며, 계급이 낮을지도 모른다. 하지만 난 그들에게서 여전히 삶의 지혜를 배운다.

그들은 아직도 내 어깨에서 삶의 무게를 덜어 주려 애쓴다. 그래서 나처럼 자유주의적인 사람도 술만 마시면 큰 소리로 이렇게 떠든다.

"남자는 말야, 군대를 갔다 와야 해!"

오동진

영화 평론가입니다. 문화일보와 연합통신, YTN을 거쳐 영화 전문 잡지 〈필름 2.0〉에서 영화 전문 기자로 일했습니다. 이후 동의대학교 산학협력 부교수, 부산국제영화제 집행위원, 제천국제음악영화제 집행위원장 등을 지냈습니다. 현재는 본업인 글쓰기로 돌아와 있습니다.

구보하며
뽀뽀뽀 부르기

나는 1990년대 말, 평택의 미군 부대 '캠프 험프리스'에서 카투사로 군 복무를 했다. 카투사들과 미군들이 함께 생활하다 보니 오직 그곳에서만 볼 수 있는 진풍경들이 많았다.

아침마다 미군들과 함께 집단 구보를 했다. PT런(Physical Training Run)이라고 불리는 아침 구보를 할 때는 사병들이 돌아가면서 한 명씩 대열 옆으로 나와 '케이던스'라는 것을 했다. 자기가 노래를 골라 짧게 한 소절을 선창하면 나머지 부대원이 큰 소리로 따라 부르는 것이다.

보통은 미군 군가를 같이 따라 불렀는데 카투사가 케이던스를 하면 우리 군가를 부를 때도 있었다. 그중에서 가장 사랑받던 노래가…… 바로 어린이 TV 프로그램 〈뽀뽀뽀〉 주제가였다.

"아빠가 출근할 때 뽀뽀뽀. 엄마가 안아 줘도 뽀뽀뽀. 만나면 반갑다고 뽀뽀뽀. 헤어질 때 또 만나요 뽀뽀뽀. 우리는 귀염둥이 뽀뽀뽀 친구. 뽀뽀뽀 뽀뽀뽀 뽀뽀뽀 친구."

거구의 흑인들을 포함한 수십 명의 미군들이 〈뽀뽀뽀〉를 따라 부르며 캠프 안을 달렸다. 그들은 특히 마지막에 '뽀뽀뽀'를 반복하는 부분에서는 아주 열광적으로 목소리를 높여 따라 불렀다. 노래의 유래를 모르는 미군들은 '한국 군가는 너무 러블리한걸?' 하는 식의 반응을 보이곤 했다.

인종 비하에 얽힌 웃지 못할 일화도 있다. 카투사에 입대하면 미군과의 생활에 필요한 교양 수업을 받는다. 인종 차별은 절대로 금기시되고, 인종 비하 발언을 조심하라는 교육도 받았다. 특히 '깜둥이'라는 비속어는 금기어 1순위였다.

하루는 밥을 먹기 위해 미군 캠프의 식당에서 카투사 친구 한 명과 줄을 서 있었다. 유난히 얼굴이 까만 흑인이 바로 우리 뒤에 줄을 섰다. 갈색빛도 전혀 없는, 정말 순수한 흑(黑). 나도 모르게 친구에게 말했다.

빠빠빠-
아빠가 출근할때
빠빠빠
빠빠빠!!
Camp Humphreys

"야아. 재는 진짜 까맣다. 완전 연탄이야 연탄."

그때 흑인이 큰 눈을 껌벅이며 나를 보았다. 그리고 한국말로 더듬더듬 말했다.

"연탄 나빠요. 차라리 깜둥이라고 하세요."

정말 죽도록 민망해서, 몇 번이나 사과를 했던 기억이 난다.

마지막으로 소개하는 추억은 야전 훈련과 관련된 추억이다. 카투사들은 당연히 미군들과 함께 훈련을 나간다. 다른 때는 나쁘지 않은데 겨울철 야전 훈련은 정말 죽을 맛이었다. 일과를 마치고 텐트에서 잠을 잘 때도 끔찍했다. 텐트 하나에 열 명 정도의 사병들이 잠을 잤는데 날씨가 너무 추워서 텐트 안에 난로를 피워야 했다.

문제는 연료였다. 서너 시간쯤 난로를 피우면 연료가 떨어지기 때문에 누군가가 연료를 갈아 줘야 했다. 그러나 춥고 어두운 한겨울 새벽에 일어나 난로를 돌보는 수고를 할 사람은 아무도 없었다. 추위에 벌벌 떨면서도 다들 무시하고 그냥 자 버리기 일쑤였다.

그렇게 며칠이 지난 어느 날, 역시 새벽 2시쯤 되자 난로의 불이 꺼졌다. 확 떨어진 기온에 잠이 얼핏 깨버렸다.

'아, 정말 춥다. 빨리 다시 잠들어야 되는데. 아, 발가락이 떨어져 나갈 것 같아.'

나를 비롯한 사병들은 침낭 안으로 더 깊이 몸을 밀어 넣으며 끙끙거렸다. 그때 누군가가 텐트 안으로 조심스럽게 들어왔다. 그는 최대한 소리가 나지 않도록 조심하면서 야광봉을 켰다. 어슴푸레한 빛에 의존해 난로 연료통을 분해해서 연료를 넣고 다시 불을 피웠다. 그는 텐트 안에 훈기를 마련해 주고 떠났다. 우리는 한결 따뜻해진 텐트 안에서 잘 수 있었다. 그러한 이름 없는 선행은 훈련이 끝날 때까지 계속되었다.

나중에 안 사실이지만 그 선행의 주인공은 악질로 유명했던 에스코바 중사였다. 건건이 규정을 내세우는 그에게 내가 퍼부어 댄 한국어 욕만 해도 사전으로 편찬할 정도로 많았는데 말이다. 그로 인해 나는 조금 부끄러워졌다.

이재익

SBS 〈이숙영의 파워FM〉 〈씨네타운 S〉의 담당 PD입니다. 소설가로서도 꾸준한 작품 활동을 하고 있으며, 〈질주〉 〈목포는 항구다〉 등의 영화 시나리오 작업도 했습니다. 군 복무 중 여자 친구에게 생일 선물로 직접 쓴 소설을 주었는데, 여자 친구가 몰래 그의 작품을 문학 잡지에 내면서 소설가로 등단하게 되었다고 합니다. 《복수의 탄생》 《나 이재익, 크리에이터》 《카시오페아 공주》 《압구정 소년들》 등의 책을 썼습니다.

일찍 들어오면 혼난다

학사장교 40기로 임관한 나는 태풍부대 소대장과 교육장교를 거쳐, 경기도 남양주에 있는 동원 사단으로 중대장 발령을 받았다.

중대장이 되고 처음으로 우리 중대에 이등병이 들어왔다. 키는 작았지만 소신이 분명한 친구였다. 함께 순찰을 돌며 이런저런 이야기를 나누던 중, 그의 아버지가 세 살 때 교통사고로 돌아가셨다는 것을 알게 되었다. 그 이야기를 들으며, 부족하지만 군대에서만큼은 내가 아버지가 되어 주고 싶다는 생각을 했다.

그러던 어느 날, 그 친구의 어머니께서 큰 수술을 받아야 하는 상황이 발생했다. 하지만 자대에 온 지 한 달밖에 되지 않았기 때문에 휴가를 보내기에는 제한사항이 너무 많았다. 아침 체력단련 시간에 함께 뜀걸음을 하며 얼굴을 살펴보니 근심과 걱정이 가득해 보였다.

만약 '우리 어머니가 그 상황이라면 나는 어떨까?' 하고 생각하니 답이 나왔다. 바로 대대장님께 보고를 드렸고, 연대장님을 거쳐 사단장님께 보고되었다. 100일도 안 된 병사의 휴가였기 때문에 사단 전체의 관심을 받을 수밖에 없었다. 그렇게 우여곡절 끝에 휴가를 보냈고, 나는 수술이 잘되기만을 간절히 바랐다.

하지만 군대에서는 워낙 여러 가지 일들이 발생하다 보니 그 친구에게 하루에도 몇 번씩 전화를 해서 상황과 위치 등을 파악해야 했다. 아무리 생각해도 감시받고 있다고 생각하면 그 친구가 더 힘들 것 같아서, 아무것도 묻지 않고 힘내라고 격려해 주며 전화를 끊었다. 믿음이라는 것은 서로의 상호 작용이지 않은가. 비록 사고 나면 네가 책임질 거냐며 상급 부대로부터 따끔한 충고를 듣긴 했지만, 나는 그를 믿었다.

휴가 복귀 하루 전날, 갑자기 위병소에서 연락이 왔다. 그 친구가 조기 복귀를 했다는 것이다. 깜짝 놀라 달려갔다. 그 순간에도 제발 어머니께 아무 일 없기를 빌고 또 빌었다. 어떻게 된 거냐는 물음에 그는 밝은 표정으로 이렇게 말했다.

"어머니 수술이 잘 끝났습니다. 부대에서 걱정하실 것 같아 일찍 복귀했습니다! 중대장님 감사합니다!"

살다 보니 휴가 기간에 자기 발로 일찍 들어오는 녀석을 다 보게 되었다. 그는 자신에 대한 믿음을 믿음으로 돌려준 것이다.

그 친구의 조기 복귀 사건은 이후에도 나의 군 생활에 큰 영향을 미쳤고 간부들의 입에 자주 회자되었다. 그렇게 1년이 지나 그는 우수병사로 상병 계급장을 달게 되었다. 그리고 우리 중대는 연대 우수분대 선발대회에 참가하여 기본 제식부터 체력, 훈련에 이르기까지 최선을 다해 임했다. 그 결과, 연대 우수분대 타이틀을 받을 수 있었고, 포상으로 단체 외출을 나가게 되었다.

휴가 중이던 분대장을 제외하고 모두가 함께 술잔을 들었다. 저마다 느낀 점을 한마디씩 이야기하고 건배를 하려는 순간, 분대장이 나타났다. 모두 반가워서 함성을 질렀다. 단체 외출에 동참하려고 금쪽같은 휴가를 반납하다니. 이제 와 생각해도 잘 이해되지 않지만, 그만큼 우리는 슬픔과 기쁨을 함께 나누고 싶은, 서로에게 소중한 전우였던 것 같다.

이런 일이 있고 나서는 다른 병사들도 휴가 기간에 나에게 전화를 걸었다. "중대장님! 25일까지 휴가인데……"라고 말한 뒤 말을 잇지 못했다.

"됐어! 그냥 푹 쉬다가 들어와! 일찍 들어오면 혼난다!"

그러면 안도의 한숨을 쉬고는 여자 친구에게만 한다는 콧소리를 내며 전화를 끊곤 했다.

전역 후 방송 일을 준비하면서도 군대 시절은 나를 따라다녔다. 주변의 모든 사람이 나를 '중대장'이라고 불렀기 때문이다. 한번은 개그맨 김용 선배와 함께 술자리를 한 적이 있다. 선배는 갑자기 나의 방송 예명을 지어 주겠다며 두 가지 중에 하나를 고르라고 했다. 하나는 '중대장'이었고 다른 하나는 '편의점'이었다.

'중대장'은 군인들이 국민들을 위해 나라를 지키듯 국민의 웃음을 지킨다는 뜻이었고, '편의점'은 24시간 필요한 물건을 구입할 수 있는 편의점처럼 24시간 편하게 웃음을 주는 개그맨이라는 뜻이었다. 그렇게 '중대장'이라는 예명을 사용하기 시작하면서 더욱 군인은 나에게 연인처럼, 친구처럼 느껴졌다. 아직도 군생활을 하는 것처럼 말이다.

마지막으로 추운 겨울 언 손을 입김으로 녹여 가며 묵묵히 국민들을 위해 희생하고 있는 군인들에게 전하고 싶은 말이 있다.

"힘들 때, 외로울 때 가족과 국민들을 생각해 주세요. 당신들은 혼자가 아닙니다. 여러분을 믿고 응원하는 국민들이 있으니까요."

김재용

실제 중대장 출신으로, 중대장이라는 예명으로 활동하는 개그맨입니다. KBS 2TV 〈리빙쇼 당신의 여섯 시〉를 통해 리빙맨으로 많은 사랑을 받았으며, 〈청춘! 신고합니다〉라는 프로그램에서 보고 싶은 중대장으로 뽑혀 실제 병사들을 만난 적도 있습니다. 《군대 수석으로 입학하기》라는 책을 출간하는 등 군인들에 대한 특별한 애정을 가지고 있는 그는, 군 생활에서 가장 중요한 것은 '믿음'이라고 말합니다.

도피처가 아니라 배움터

삶에서 군 생활이 차지하는 비중은 압도적이다. 이제 30년이 지난 일인데도 불구하고 기억이 생생하니 말이다.

1980년 12월 8일, 비틀스의 멤버 존 레넌의 사망 소식을 들었다. 음악에 죽고 살기로 한 나에게 그의 죽음은 커다란 상실감으로 다가왔다. 그 허망함을 이겨 내려는 방법이 군 입대였다. 이듬해 봄, 나는 이등병이 되어 한밤에 홀로 군용 열차를 타고 낯선 땅 대구로 내려갔다.

내가 근무할 자대는 동대구역의 국군철도수송지원반(TMO)이었다. 그곳에서 무엇보다 가장 힘들었던 것은, 대구 사투리가 사실상 부대의 공용어였다는 점이다. 줄곧 서울에서 자란 나로서는 고참의 호령이나 훈시에 누구보다 귀를 쫑긋 세우고 경청해야 했다. 그래도 터질 일은 터지고야 말았다.

"야, 임 이병! 그거 도!"

이순신 장군보다 더 위엄 있었던 고참의 명령을 따라, 나는 들고 있던 물건을 가만히 내 앞자리에 뒀다. 그랬더니 그 고참은 "어라? 이것 봐라. 그거 도!" 하며 더 큰소리를 쳤다. "앞에다 뒀습니다"라고 내가 대답하자마자 이어진 호통.

"야! 그거 달란 말이야!"

고참의 얼굴만 봐도 살 떨리는 판에, 마치 다른 나라에서 사는 듯 쉬이 알아들을 수 없는 말이 오가니 난감하기만 했다. 이등병 시절에는 육체적인 피로는 말할 것도 없고, 그러한 정신적 고단함까지 겹쳐 이중고의 연속이었다.

일병 첫 휴가를 나갈 때까지도 나는 아주 기본적인 사투리밖에 알아듣지 못했다. '은지예', '어데예' 등의 대구 사투리보다는 차라리 영어가 더 쉬웠을 정도였다. 그럴 때 권오장 병장이 내게 베풀어 준 친절을 잊을 수 없다. 권 병장이 군복을 다리고 있던 내게 다가왔다.

야!! 임이병!!
그거 도!!
...
앞에다 뒀습니다.

"군복 주름은 살이 닿으면 베일 정도로 날을 빠뜩 세워야 되는 기야. 일로 가져와 보래이."

그는 내 군복을 손수 다려 주면서 말했다.

"야, 임진모! 잘 들으래이. 로마에 가면 로마법을 따라야 된다꼬 안 하나. 외톨이가 좋다면 몰라도, 군대도 사람 사는 덴데 다른 사람과 잘 어울릴 수 있어야 되는 기라. 어울리지 못하면 그건 죽는 기야. 니는 내가 봐도 해보려고 하는 의지가 없대이!"

분명히 나에게 충고하는 말이었지만, 평상시와 전혀 다른 톤의 인자하고 넉넉한 말투, 그리고 군대라는 계급 사회 속에서 그간 느끼기 힘들었던 인간미에 나는 순간 눈시울을 적셨다. 음악에 미친 통에 입대하기 전 허구한 날 전축 앞에 붙어사느라 인간관계와 단체 생활에 미숙했던 내 모습을 알게 되었고, 또 반성하게 되었다.

내 군 생활의 멘토였던 이태용 병장이 해준 말들도 잊을 수 없다. 그는 유격 훈련 중 힘겨워하던 나에게 이런 말들을 해주며 어깨를 두드려 주었다.

"최악만 아니라면 모든 걸 할 수 있다."

"겁내지 마라. 죽을 위기가 아니면 다 잘된 거다."

그가 늘 힘이 되어 주었기에, 군 생활을 성실하게 헤쳐 나갈 수 있었다.

나는 사회생활의 기본을 군대에 가서야 터득한 것 같다. 쓸데없는 고집과 개인주의를 버리고 다른 사람들과 어울려야 한다는 것을, 또 어떤 절박한 현실 속에서도 휴머니즘을 놓쳐서는 안 된다는 것을 배웠다.

존 레넌의 사망 이후, 군대는 나에게 그저 현실을 회피하기 위한 곳이었을지 모른다. 그러나 지금은 자신 있게 말할 수 있다. 군대는 도피처가 아니라, 지금의 나를 만들어 준 소중한 배움터였다고.

임진모

음악 평론가입니다. 여러 매체에 대중음악 관련 칼럼을 기고하고 있으며, 음악 전문 웹진 〈이즘〉을 운영하고 있습니다. 《가수를 말하다》《팝 리얼리즘 팝 아티스트》《세계를 흔든 대중음악의 명반》 등의 저서를 집필했고, 현재 음악 전문 채널 엠넷에서 〈볼륨텐〉의 진행을 맡고 있습니다.

문선대야, 놀아 줘

입대 전 나는 암울함의 끝을 달리고 있었다. 원래 나는 군에서도 음악을 계속하려고 해군 홍보단에 지원했었다. 당시 자리가 하나밖에 나지 않아 달랑 한 명만 뽑는다고 했다.

트로트에 자신이 있던 나는 호기롭게 해군본부로 시험을 보러 갔다. 해군 홍보단을 전역한 선배들도 "넌 당연히 될 것이다", "거긴 너 같은 스타일을 선호한다" 등등의 말을 내게 해주었던 터였다.

그곳에는 당시 〈토이〉 1집을 내고 군대에 간 가수 유희열이 말년 병장으로 있었다. 내 차례가 되자 나는 그 양반의 반주에 맞춰 트로트와 팝 등 다양하게 불러제껴 주었다. 시험관들의 표정을 보니 느낌이 아주 좋았다. 하지만 전화가 왔는데 떨어졌단다. 그것도 2등으로. 늘 2등만 되어도 진짜 잘한 거라고 생각하며 살았는데, 여기서는 2등도 절망의 등수였던 것이다.

그런데 시험관으로부터 다시 연락이 왔다. 마침 자리가 하나 더 생겼는데 내 실력이 너무 아까우니 오늘 마감 시간까지 다시 접수하라고 알려 주었다. 원서만 내면 합격할 수 있을 거라면서. 하지만 나는 너무 급하게 뛰어나간 나머지 고등학교 학력증명서를 가져가지 않았다.

접수 창구에서 접수만이라도 해달라고 눈물로 사정했는데 끝까지 안 된다고 했다. 마감 시간도 얼마 남지 않은 마당에 다시 등록하라고 속삭인 시험관도 미웠고, 노랗게 보이는 하늘도 미웠다.

집에 돌아와 넋이 나간 사람처럼 시간을 보냈다. 그리고 1995년 7월 25일 육군에 입대했다. 그것도 가장 힘들다는 수색대대로 배치를 받았다. 그곳에서 나는 나의 음악성을 고참들의 여흥을 돋우거나 목숨 부지용(?)으로 사용해야 하는 상황에 부닥친 것이다.

일병이 되면서 그래도 군 생활에 나름 매력을 느끼고 있던 어느 날, 갑자기 대대가 소란스러워졌다. 위병소에서 "대희가 왔다!"라는 함성이 들리자 중대의 고참들이 웃으며 연병장으로 뛰쳐나가는 것이 아닌가. 나는 '뭔데 저 난리야'라며 전투화를 닦고 있었다.

그런데 여기서 '대희'가 누구냐 하면 바로 "밥 묵자" 이 한마디로 전 국민에게 웃음을 준 개그맨 김대희다. 중대 고참들은 김대희 병장에게 말해서 너도 문선대에 가보라며 자꾸 부채질했다. 그러자 김대희 병장이 째려보며 물어봤다.

"너, 문선대 가고 싶냐?"

"아, 아닙니다."

"그럼 말구."

그때 왜 가고 싶다고 말하지 못했을까? 이 멍청한 놈, 순발력 없는 놈……. 나는 별별 자책의 말들을 모두 속으로 곱씹으며 눈물로 전투화를 닦았다. 하지만 그 뒤로 중대 장기자랑 시간에 노래 부르는 나를 유심히 쳐다보는 김 병장의 눈길을 느낄 수 있었다. 그럴 때마다 나는 더 열심히 했다. 막춤을 동반한 처절한 가무를!

그렇게 몇 달이 지났을까? 어느 날 김대희 병장이 불렀다.

"오늘 문선대 가는데 너도 데려갈게."

'이게 웬일!' 웃음이 나오려는 것을 간신히 참았다.

"전에 가고 싶다고 했으면 뻔한 놈이라고 생각해서 데려갈 생각도 안 했을 거야. 그런데 군 생활도 열심히 하고 놀 줄도 아는 것 같아서 데려간다. 단, 오디션을 봐야 하니까 주말에 외출 나와서 사단 휴양소로 와."

나는 서울에 있는 아는 동생에게 면회 경비까지 쳐서 나중에 다 갚을 테니 무조건 와달라고 압력을 넣었다.

그렇게 찾아간 곳에는 김대희 병장과 문제의 인물, 이상준 병장이 있었다. 지금까지 살면서 그때처럼 혼신의 힘을 다해 노래한 적이 없는 것 같다.

"합격!"

그 말을 듣자 눈물이 날 것 같았다. 그 후 나는 각 부대를 다니며 공연을 했다. 너무나 즐거웠다. 반찬 냄새 나는 취사장에 무대를 설치하고 노래하는 그 시간만큼은 1만 석 공연장이 부럽지 않았다.

그리고 문제의 그 사람, 이상준 병장. 바로 그가 버즈, 테이, 김

장훈 등 유수한 가수의 히트 발라드곡을 작곡하고 나를 '노라조' 조빈으로 만들어 준, 내 인생을 바꾸어 준 사람이다. 지금 다시 돌이켜 봐도 군대는 지금의 나를 있게 해준 정말 중요한 곳이 아니었나 싶다.

조빈

2인조 남성 듀엣 '노라조'의 멤버입니다. 신 나는 노래와 튀는 스타일로 많은 사람의 눈과 귀를 사로잡는 그룹입니다. 이름처럼 전 국민과 '놀아주'고 있는 것이지요. 최근에는 〈슈퍼맨〉을 잇는 신곡 〈야생마〉로 미친 듯이 열심히 달리는 중입니다.

산이 움직이듯이 꽃이 피듯이

세상의 땅이 하나의 얼음덩어리 같은 날, 나는 군에 입대했다. 1월 15일이었다. 군 입대를 앞두고 시골에 내려가 있던 나는 그날 뜻밖의 배웅을 받았다. 친척은 물론이고 동네 어른들이 나와서 등을 두들겨 주거나 손을 맞잡아 주었다. 눈물을 훔치며 꼬깃꼬깃한 쌈짓돈을 쥐여 주는 분도 있었다.

나는 그 가난하고도 따뜻한 배웅을 받으며 강원도 춘천으로 향했다. 아버지가 동행해 주셨다. 아버지는 말씀을 무척 아끼셨다.

"잘 갔다 와라."

춘천서 김천까지 혼자 먼 길을 되돌아가실 아버지를 생각하니 잠깐 눈시울이 뜨거워졌다.

훈련소 생활은 한마디로 무척 추웠다. 벗어 둔 군화는 돌아서면 얼어 있었다. 그것을 신고 보초를 나갈 때면 한 켤레의 얼음 신발을 신는 듯했다. 떠나온 곳으로부터 몇 통의 편지가 왔는데 그것은 마치 언 몸을 씻겨 줄 한 통의 온수 같은 것이었다.

훈련소 생활을 마치고 내가 배치받은 부대는 대포를 천둥처럼 '쿠르릉쿠르릉' 쏘는 포병대대였다. 골짜기에서 더 깊숙이 들어간 곳에 부대가 있었다. 오가는 사람 구경이 어려웠다. 산이 겹겹으로 둘러싸고 있었다.

미동이 없는 큰 몸의 산과 산을 닮은 장거리용 대포. 그 속에서 나는 포탄처럼 단련되었다. 대포알 같은 사내들과 완전 군장을 꾸린 채 산악 구보를 했다. 어려워하거나 두려워하는 마음이 없었다. 이미 마음이 천 길 낭떠러지에서 모두 다 살았으므로. 산이 쩌렁쩌렁 울리도록 함성을 토해 내고 지칠 줄 모르며 뛰어다녔다.

한나절씩 보초를 서기도 했다. 막 피어오르는 아지랑이 속에서, 늪 같은 장마 속에서, 불가마 같은 땡볕 속에서, 캄캄하게 퍼붓는 폭설 속에서 보초를 서며 길고 긴 마디의 시간을 살았다. 산처럼 크게 움직이는 법을 배웠다.

그러나 사내들의 세계가 우악스럽기만 한 것은 아니었다. 마음 변한 애인 때문에 며칠 동안 뒤척이며 잠을 설치는 병사가 있었고, 행군에 지친 후임병의 군장을 대신 짊어지는 맏형 같은 병사가 있었고, 입담과 막춤으로 인심을 얻던 병사가 있었다. 짓궂은 병사도 있었는데, 그이는 포대의 이발사였다.

전담 이발사는 아니었으나 그는 일요일이면 후임병들의 이발을 도맡아 했다. 휘파람을 잘 불었고 버럭 화를 잘 내기도 했으나 꿍한 구석은 없었다. 유행가를 잘 부르는 통에 모두가 그이에게 내무반 음악 카세트 선곡을 맡게 했다. 그이는 애절한 이별과 사랑의 노래를 아침 기상 시간에 맞춰 들려주었는데, 갓 입대한 후임병들은 그이가 선곡하는 짓궂은 음악에 마음이 미어지기도 했고 또 싱숭생숭 마음이 들뜨기도 했다.

나는 운이 좋게도 선임병을 잘 둔 축에 들었다. 선임병 가운데는 문학을 전공하는 이도 있었는데, 그이 덕분에 고된 훈련 끝에 찾아온 휴식 시간에는 시집과 소설집을 이따금씩 읽을 수 있었다.

사실 군 입대를 할 무렵 나는 문학에 대해 갈급증을 내고 있었다. 지금에서야 하는 고백이지만, 그 갈증 때문에 나는 첫 휴가를

막 피어오르는 아지랑이 속에서,
늪 같은 장마 속에서,
불가마 같은 땡볕 속에서,
캄캄하게 퍼붓는 폭설 속에서 보초를 서며
길고 긴 마디의 시간을 살았다.
산처럼 크게 움직이는 법을 배웠다.

나왔을 때 시집을 몰래 사 들고 들어갔다. 위병소에서 귀대하는 병사들의 소지품 검사를 했기 때문에 시집을 낱장으로 찢어 군복과 군화 속에 감춰서 부대로 복귀했다. 그리고 그 낱장 낱장의 시를 화장실 같은 곳에서 읽었다.

선임병과 동료들이 후일에 나의 그 갈증을 이해해 주고 배려해 준 덕분에 나는 문학에 대한 꿈과 열정을 포기하지 않을 수 있었다. 그것은 군대 생활이 나에게 산처럼 크게 움직이는 법 못지않게 가르쳐 준 부드러움 덕분이기도 했다. 말하자면 그것은 함성의 반대편에 있는 귀엣말의 숨결 같은 것이었다.

큰 침묵으로 크게 움직이는 기백과 동시에 나는 사람에 대한 배려와 존중과 사랑의 자세에 대해 배웠다. 낮고 힘든 곳에서부터 샘솟는 사랑의 의지. 나는 꽃이 피듯이 부드럽게 피어나는 그 지극한 사랑을 그곳에서 함께 목격했다.

문태준

오래 곰삭은 시어와 특유의 고요한 서정시학으로 주목받고 있는 시인입니다. 1994년 《문예중앙》 신인문학상에 시 〈처서(處暑)〉 외 9편이 당선되어 등단했습니다. 미당문학상, 소월시문학상 등을 수상했고, 시집으로 《맨발》 《가재미》 《그늘의 발달》 《먼 곳》 등이 있습니다. 여러 편의 시에서 작은 존재들과의 사소한 교감을 통해 자신의 존재론을 조심스럽게 탐문하는 모습을 보여 주고 있습니다.

내 젊은 날의 진짜 스타

1967년 어느 늦가을 저녁, 어둠 속에서 우리는 출발했다. 작전 명령 ××. 천여 명의 장병과 그 이삿짐은 도시 하나가 움직이는 것만큼 어마어마한 규모였다. 경상북도 영천에서 서울 어딘가로 간다는 것은 알았지만 졸병이었던 나는 정확히 어디로 가는지 알 수 없었다.

꼬박 하루가 지나서야 가을걷이가 끝난 황량한 들판에 도착했다. 그날 밤 다시 논바닥에 텐트를 쳤고 자정이 넘어서야 선잠이 들었다. 군에서는 부대가 이동하는 것도 '작전'이라고 한다는 것을 나중에야 알았다.

다음 날 아침에야 우리가 도착한 곳이 남한산성 아래라는 것을 알 수 있었다. 부대 앞에는 '육군종합행정학교'라는 표지판이 서 있었다. 경북 영천에 있던 부관, 헌병, 군수, 경리 4개의 학교에 어학, 체육학부가 보강되어, 이름 그대로 육군종합행정학교로 승격된 것이었다. 그리고 3백여 명의 훈련소 졸업생 가운데 유일하게 헌병학교 행정병으로 남게 되어 동기들의 부러움을 한몸에 받았던 나는, 부대 이동과 동시에 육군에서도 가장 기합이 세다는 육군헌병학교 조교가 되었다.

그해 겨울은 내 생에서 가장 혹독하고 매서웠다. 그야말로 눈코 뜰 새 없는 나날이 계속되었다. 수돗물도 나오지 않는 텐트 속에서 생활하며 아침저녁 시도 때도 없이 물을 길어 날라야 했고 남한산성 꼭대기에서 보초를 서야만 했다.

또한 가톨릭교회의 사제 수업을 받던 신학생인 내가 가장 싫어하는 전투 훈련도 받아야만 했다. 식사 후 쉬는 시간에는 사역에 동원되었다. 그중에서도 가장 고역은, 논바닥이라 물이 잘 빠지지 않는 연병장에 부챗살 모양으로 2~3미터 고랑을 판 뒤 그 속에 돌을 채워 넣는 작업이었다.

하루 일과 중 유일한 휴식 시간마저 반납하고 중노동에 시달리니 사병들의 불만은 나날이 높아져 갔다. 그러나 어느 날 아침부터 그 불만이 온데간데없이 사라져 버렸다. 부대장으로 새로 오신 류창훈 장군이 몸소 흙 묻은 돌 하나를 등에 지고 앞장서서 계곡을 내려오셨기 때문이다. 모든 장병들은 아무 말 없이 그 뒤를 따라나섰다.

건장한 체격에 위엄, 유머까지 갖춘 장군은 많은 말씀을 하시지는 않았다. 하지만 모든 장병이 그분을 존경했다. 오늘까지도 나에게 가장 멋있는 지도자로 각인되어 있다.

그렇게 끝날 것 같지 않던 겨울이 지나고, 나는 일등 사수에 격투기, 총검술, 교통 수신호, 제식 훈련 조교 및 교육행정 1급 조교가 되었다. 〈모범 사병〉이라는 군대 영화에 조연으로 출연하기도 했다. 또한 행정학교 최고 고참이 되어서는 내가 그렇게 원하던 구타 없는 내무반을 만들었다.

나는 그분에게서 '솔선수범'이야말로 전우애를 돈독하게 할 뿐만 아니라 교육의 가장 훌륭한 교과서가 된다는 것을 배웠다. 요즘도 그러하리라 짐작되지만, 그분이 학교 교장으로 오시기 전에도 헌병학교의 구호는 '솔선수범'이었다. 뛰면서 걸으면서 그 구호를 참 많이도 외쳤지만, 그것을 구호가 아닌 행동으로 직접

보여 주신 분은 류창훈 장군이었다. 그분은 내 젊은 날의 진짜 '스타'였다.

그런데 이제 내가 그때 그분보다 더 나이가 들어 젊은 학생들을 가르치고 있다. '남이 너에게 해주기를 원하는 것처럼 너도 남에게 해주어라'라는 성서 말씀은 이웃 사랑이 어떤 것인지를 가장 분명히 말해 준다. 생사고락을 같이 하는 병영 생활에서 '전우애'를 고양시키는 데 이보다 더 중요한 원칙은 없을 것이다. 모든 교육이 마찬가지 아닐까. 체험으로 획득한 것만이 사람의 마음을 움직이고 한 인간을 온전히 변화시킬 수 있다.

오늘 나는 '등에 큰 돌 하나를 지고 남한산성 계곡을 성큼성큼 내려오시는 그분의 모습'을 어제의 일인 듯 회상해 본다.

조광호

사제 생활 30년이 넘는 신부이자 20여 차례의 개인전을 가진 화가로 재료와 장르를 넘나들며 종교적이고 철학적인 메시지를 표현해 왔습니다. 서울 당산철교 외벽의 벽화, 서소문 현양탑, 부산 남천성당 스테인드글라스가 모두 그의 작품입니다. 인천가톨릭대학교 조형예술대학 학장을 역임했고, 가톨릭조형예술연구소장을 맡고 있습니다.

마산에서 온 고문관

학교 다닐 때 그 친구는 공부를 지지리도 못했다. 늘 꼴찌를 다투었고 선생님도 제쳐 놓은 아이였다. 동급생들도 멸시 반 동정 반으로 은혜를 베풀듯이 무리에 끼워 주곤 했는데, 이 칠칠치 못한 친구가 딱 하나 잘하는 일이 있었다.

가령 낯선 곳의 음악실이나 다방을 찾아간다고 치자. 미로 같은 도심 뒷골목에서 친구들 여럿이 길을 몰라 헤매고 있을 때 그가 있으면 일이 쉽게 풀린다. 살짝 모퉁이 하나를 돌아 마치 미리 가본 것처럼 목적지를 찾아내는 것이었다.

우리가 대개 길을 점과 선으로 이어진 평면으로 이해하는 데

반해, 그는 거의 동물적 수준의 삼차원 입체 방향감각을 발휘했다. 어느 곳에서든 전후좌우의 위치를 감지하고 각각의 방위각을 파악하며 고갯길의 고저 완급까지 인식하는 비상한 재능이었다.

그와 나는 비슷한 시기에 해병대에 입대했고, 같이 베트남에 파병되었다. 파병에 앞서 우리는 포항에 있는 특수교육대에서 베트남전에 관한 예비지식을 습득해야 했다.

그런데 한 가지 재미있는 것은 이 친구가 썩 잘할 듯싶은 독도법(讀圖法)에 젬병이었다는 점이다. 부비트랩이나 무전기기 사용법 같은 것은 그렇다 치고 자신의 장기인 길 찾기에는 발군의 성적을 거둘 법도 한데, 이상하게도 지도 위에 컴퍼스를 쓰는 도상학(圖像學) 훈련 시간이 되면 동서남북을 못 가리고 헤맸다.

책이나 글과는 아예 담을 쌓은 셈이었다. 교육을 담당하는 소대장들도 이 열등한 훈련병을 '마산에서 온 고문관'이라 부르며 유급을 시킬지 말지 고민했다고 한다.

그런 그가 가까스로 교육을 수료하고 베트남의 전장 한복판으로 가게 되었다. 베트남에서는 주로 부사관 한 명이 열두 명의 해병을 지휘하며 움직이는 분대 단위 전투를 했다. 밀림 지대에서 이런 전투를 벌이다 보면, 야간에 잠복을 나갔던 분대가 돌아오지 않는 일이 잦았다. 길을 이끄는 분대장이 빼곡한 숲 속에서 방향을 잘못 잡아 사지(死地)인 베트콩 지역으로 들어가는 통에 포로가 되거나 몰살을 당하곤 했던 것이다.

그러나 그가 이끌었던 분대에서는 그런 사고가 전혀 없었다. 밤새 잠복근무를 마치고 새벽에 철수할 때, 마치 제집 안마당에서 걸어 나오듯 추호의 헛걸음질 없이 곧바로 분대를 인도하여 무사히 귀대했다. 나침반도 독도법도 쓰는 법이 없었다. 지뢰 지대를 면밀히 피해 가며 자로 잰 듯 정확히 부대로 돌아오곤 해서 나중에는 이웃 분대원들이 그의 분대로 배속되기를 원했을 지경이었다.

그 친구의 재능은 제대 후에 더욱 빛을 발했다. 한번은 동창들 서넛과 함께 차를 타고 강원도 어디론가 산행을 간 적이 있었다. 그런데 운전을 하던 그 친구가 문득 차를 멈추고 무슨 풍수 보듯이 근처의 산세를 그윽이 살피는 것이 아닌가. 곧이어 그는 부하 직원에게 전화를 걸어 동네 이름과 지번을 알려 주며 지적도(地籍圖)와 등기부등본을 떼어 보라고 지시했다.

소규모이긴 했으나 그는 30대에 이미 부동산 컨설팅 회사를 차린 상태였다. 그로부터 3, 4년이 지나지 않아 바로 그 자리에

나들목이 생겼다. 인근에는 펜션이 들어섰으며 땅값이 폭등했다. 오지가 요지로 변한 것이다.

천재란 무엇인가. 천재는 세상에 없는 것을 볼 수 있는 사람이 아니다. 세상에 존재하지만 보통 사람은 보지 못하고 지나치는 것을 보는 자가 천재라고 했다. 생각해 보면, 그 친구는 언제 어디서나 자신이 있는 곳의 좌표를 깨달아 지형지물의 패턴을 직감으로 인식하는 재능이 있었다. 이를 바탕으로 당장 눈에 보이지 않는 지정학적인 미래까지 예측하는 타고난 지리 감각이 있었던 것이다.

일찍이 피카소는 말했다. "당신은 보아도 보고 있는 것이 아니다"라고. 나 같은 둔재는 늘 보면서도 뭘 보는지 모르고 사는 셈이다.

방학기

드라마 〈다모〉와 영화 〈바람의 파이터〉의 원작을 그린 만화가입니다. 힘 있는 필치와 생동감 있는 서사로 무예인들의 투혼을 담은 남성극화를 개척했습니다. 2011년 한국만화영상진흥원이 추진한 '우리 만화 명작 발굴 프로젝트'의 설문조사에서 그의 작품 《타임머쉰》이 1위로 선정되어 복간된 바 있습니다.

안 되면 될 때까지,
모르면 알 때까지

원주 어르신들이 쓰던 말 중에 '저지리'라는 말이 있습니다. 말썽을 피우거나 사고를 저지른다는 뜻이지요. 저는 참 저지리를 많이 하고 다녔습니다. 가정에서 받은 스트레스와 어린 시절 객기가 합쳐진 결과였습니다. 부모님의 이혼과 일찍 돌아가신 아버지. 이런 사건들은 제 삶을 흩트려 놓았고 사랑에 대한 굶주림을 갖게 하였습니다.

고등학교를 졸업하던 해에 큰 사고를 친 저는 그 상황을 회피하고 새 시도도 할 겸 해병대에 자원입대를 했습니다. 경남 진해에서 훈련을 받았는데 추운 12월에 연못이나 바다에 맨몸으로 뛰어들어야 했습니다. 한번은 그 연못 속에서 버티며 〈꿈에 본 내 고향〉을 부르라고 하는 것이 아닙니까. 덜덜 떨면서 "고향이 그리워도 못 가는 신세……"라며 노래를 부르는데, 어머니에게 애증을 느끼고 있던 저까지도 펑펑 눈물이 났습니다.

'알 철모(안을 비운 철모)'에 대한 추억도 있습니다. 알 철모에 물을 담은 뒤, 그것을 머리에 이고 버티는 것입니다. 춥다고 떨기라도 하면 철모가 흔들려 물이 튀었습니다. 나야 훈련을 못 버틴 대가를 치른다지만 옆에 있는 동료에게도 물이 튈 거 아니겠습니까. 자유롭게 살아왔어도 늘 의리를 중시했던 저는 동료를 위해 끝까지 버텼습니다.

하지만 해병대에 가서도 제 저지리는 끝나지 않았습니다. 정작 중요한 제 마음이 그대로였던 데다가 '나 해병대야'라는 자부심까지 더해졌으니 당연한 일인지도 모릅니다. 한번은 휴가를 나갔다가 명동에서 마주친 육군들과 싸움이 붙었습니다. 그 때문에 저는 남들보다 군 복무를 오래 해야 했습니다. 당시 군 복무 기간은 3년이었는데 저는 6년을 복무했습니다. 눈앞에 닥친 하루하루를 살아가느라 '빨리 제대해야지' 하는 마음도 없었던 것 같습니다.

그러던 어느 날 휴가를 나갔다가 우연히 제대한 장교님을 만났습니다. 무서운 교관이셨는데 제대 후 미국으로 건너가 미군이 되어 한국으로 돌아오셨던 것입니다. 군대 이후의 삶은 생각하지 못했을뿐더러 그처럼 큰 변화가 가능하리라고 상상조차 못했던 저에게는 신선한 충격이었습니다.

그분은 "너처럼 괜찮은 사람이 단순하게 살려고 하느냐"며 따뜻한 마음을 나눠 주셨습니다. 그 마음을 받으니 저도 그쪽으로 움직이게 되었습니다. '미래를 생각하는 눈을 가져야겠구나', '미래를 위해서는 먼저 현실에 충실해야겠구나' 하고 느꼈습니다. 그리고 제대해야겠다고 결심했습니다.

그뿐이 아닙니다. 오랜 '짬밥' 덕분에 후임들과 부사관 사이에서 다리 역할을 하며 참 좋은 사람들을 많이 만났습니다. 그 인연들이 제 삶의 역사를 완전히 바꾸었습니다.

제대하고 명동 음악다방에서 일하던 저는 우연히 다방에 찾아온 사진과 학생의 모델을 해주었다가 한국의 1세대 패션모델로 활동하게 되었습니다. 당시 전업 모델은 업계에서조차 낯선 존재였습니다. 이때 '안 되면 될 때까지, 모르면 알 때까지'란 해병대 정신이 버팀목이 되어 주었습니다. 그 후 투병 중 주변 사람에게 사기를 당해 몇 년간 법적 분쟁을 벌이고 재기할 때에도 해병대 정신으로 버텼습니다.

미래를 생각하는 눈을 가지고 활동하다 보니 목표도 생겼습니다. 모델들에게 제대로 설 수 있는 무대를 마련해 주는 것, 고군분투하는 이들을 하나로 모으는 것이었습니다. 그래서 국내 최초의 모델 에이전시인 '모델라인'을 설립하게 되었습니다.

모델 양성을 위한 아카데미도 열었는데 해병대의 기수 문화를 도입했습니다. 선배가 후배를 가르치고 끌어 주면 그 후배가 성장해 모델계의 버팀목이 되니까요. 이 아카데미에서 차승원, 권상우 같은 스타가 탄생하고 계보가 생겨났습니다.

저는 지금도 맵시, 말씨, 마음씨를 두루 갖춘 모델 양성을 위해 뛰고 있습니다. 자의 반 타의 반으로 시작한 6년간의 해병대 생활이 제 삶 전체를 지탱하는 생각의 기준을 선물해 주었고, 지금의 저를 만든 것입니다.

이재연

모델 에이전시 '모델라인'의 대표입니다. 1964년 해병대 159기로 입대, 1970년 봄에 제대했습니다. 살아 보니 아무리 좋은 인연과 기회를 만나도 자신이 그를 몰라보고 가꾸지 못하면 소용이 없었다고 합니다. 입대를 앞두거나 군 생활을 하고 있는 젊은 이들에게, 생각하는 눈을 기르고 인연을 가꾸는 밑거름을 군대에서 마련해 보기를 권했습니다.

나의 군 생활은 현재진행형

제대한 지 40년이 다 되어 가지만 나는 몸도, 마음도 여전히 군인이다. 내가 가장 사랑하는 옷도 육군 전투복이다. 사람들은 멋을 낸다며 유행을 좇아 비싼 옷을 사지만 나는 그럴 필요가 없다. 나에게는 군복이 가장 잘 어울리는 데다 군복을 입었을 때야말로 폼이 나기 때문이다. 그래서 나에게는 군복이 명품이다.

나는 ROTC 장교로 군 복무를 했다. 실제로 나를 만난 사람들은 군대에 갔다 왔다고 하면 일단 어떻게 그 작은 키로 군대에 다녀왔느냐며 한 번 놀라고, 내가 ROTC 장교로 군 복무를 마쳤다는 사실에 또 한 번 놀란다. 키도 작은데 어떻게 장교로 임관할 수 있었느냐고 의문을 품는 것이다. 그때마다 나는 말한다. "그 당시 신장 합격 기준이 딱 내 키였다. 내가 합격한 사람 중 가장 작은 키였다"고 말이다.

전차대대에서 소대장으로 근무했는데 그것이 오히려 나에게는 행운이었다. 작은 키에 M1 소총을 들었다면 바닥에 끌릴 지경이었겠지만, 전차 승무원은 소총 대신 권총을 차기 때문에 활동에 전혀 문제가 없었다. 그리고 전차는 입구가 좁아 드나들기에 키가 큰 사람보다 작은 사람이 훨씬 유리하다.

그러다 1968년, 1군 위문공연 단장으로 발탁되어 전방에서 장병들을 위한 위문공연 사회를 맡게 되었다. 당시에는 알지 못했지만, 그때 했던 군 위문공연 사회가 결국 내 직업이 되었다. MBC 라디오 〈국군과의 대화〉 공개방송 13년, KBS 라디오 〈위문열차〉 20년, MBC TV 〈우정의 무대〉 10년, 이렇게 군 관련 방송을 하며 나는 30여 년간 전후방을 고루 돌아다녔다.

이렇듯 제대하고 나서 지금까지 쭉 장병들과 함께할 수 있었던 것은 군에서 배운 강인한 정신 덕분이다. 물론 진한 전우애도 빼놓을 수 없다. 내 군 생활을 생각하면 어렵고 힘들었던 기억보다 즐겁고 신 났던 기억이 더 많다. 친근한 소대장이 되기 위해

우정의 무대

노력하는 나를 소대원들도 형처럼 따라 주었기 때문이다.

소대원들이 자고 있는 모습을 보면 듬직하고 뿌듯했다. 어디 아픈 데가 없는지 머리에 손을 대보며 일일이 확인하기도 하고 아픈 소대원에게는 약도 챙겨 주었다. 또 내 용돈을 차곡차곡 모아 손목시계를 선물하기도 했다. 나는 지금까지도 당시의 소대원들과 연락을 하고 지낸다.

아쉽게도 몇몇 소대원들이 연락이 끊겨 늘 마음에 걸렸는데 드디어 기회가 왔다. 2008년 6월 KBS의 〈TV는 사랑을 싣고〉에 출연하기로 한 것이다. 소식이 궁금했던 소대원들을 찾아 반갑게 해후하는 꿈에 부풀어서 며칠을 들떠 있었던 기억이 난다.

진정한 사나이, 우리나라 장병들이여 힘내시라! 언제나 뽀빠이 이상용이 열렬히 응원하고 있을 테니.

이상용

'어린이의 우상', '국군 장병들의 영원한 큰형'이었다가 현재는 '할아버지 할머니들의 친구'로서 각종 행사에서 재치 있는 말솜씨를 뽐내고 있습니다. KBS 〈위문열차〉 〈모이자 노래하자〉 등에 출연했으며, 우리의 영원한 뽀빠이 아저씨로 1986년부터 10년간 MBC 〈우정의 무대〉를 진행했습니다. 지금은 MBC 〈늘푸른 인생〉의 '뽀빠이가 간다' 코너에 출연 중이며, 관공서 및 기업체, 대학교에 강연을 다니고 있습니다.

김 병장의 '힐링이 필요해' 두 번째 이야기

군대 그리고 인간관계 정답은 없다!

사실 군대에서 겪는 고민의 가장 큰 원인은 역시 '사람'이다. 사회에 있을 때는 안 보면 그만이지만, 군대에서는 둘 중 하나가 전역할 때까지는 얼굴을 맞대고 살아야 한다.

염장꾸러기 선임의 전역일을 손꼽아 기다리는 사람이 많은 이유 역시, 전역 말고는 그를 보지 않을 뾰족한 수가 없기 때문일 것이다. 자연히 휴가를 나가면 늦은 시간까지 선임의 흉을 보느라 입은 얼얼하고 술은 절로 들어간다.

동기도 마찬가지다. 같은 생활관에 배치될 경우 약 22개월 동안 함께 살아야 한다. 그런데 잘 씻지 않아 냄새가 난다거나, 빨래를 안 걷는다거나, 각종 잔해물(손톱, 발톱 등)을 아무렇게나 던지는 동기랑 산다면? 생활관에 들어가기조차 싫어질 것이다.

군 생활을 하다 보면 아무리 '참을 인'을 새긴다 해도 사람인지라 욱할 때가 있다. 특히 늦게 입대한 사람들은 더 심할 것이다. 서너 살은 어린 선임이 "개념 없냐?"라고 말할 때 정상적으로 흐르던 피가 소용돌이치며 역류하는 느낌일 것이다. 상황이 이러한데 '이것 또한 지나가리라'든가 '군대니까……'라는 생각만으로는 사실 완벽한 해결법이 되지 못한다.

인간관계의 해법을 구하다

군대는 짧은 기간 동안 조직의 최하위(이등병)에서 최상위(병장)까지 체험해 볼 수 있는 인생의 축소판이다. 즉, 달리 생각해 보면 다양한 상황과 사람들을 만나 인간관계의 기술과 지혜를 배울 수 있는 곳이 바로 군대인 것이다.

그런데 이러한 인간관계의 고전으로 여겨지는 책이 있으니 데일 카네기의 《인간관계론》이다. 그 핵심은 '역지사지(易地思之)'다.

"이해하려 했지만 이해할 수 없는 사람도 있어." '브로콜리 너마저'가 부른 〈커뮤니케이션의 이해〉라는 노래의 가사처럼, 군대에서는 가끔 정말 이해할 수 없는 사람도 있다. 그렇다 해도 다른 사람의 입장에서 최대한 생각해 보자. 이해까지는 아니더라도 '왜 저 사람은 저렇게밖에 표현을 못 하는가' 정도는 생각해 보는 것이다.

> 사람을 비판하는 대신, 이해하려고 노력하자. 그들이 왜 그런 행동을 하는지 생각해 보자. 그 편이 비판하는 것보다 더 유익하고 흥미롭다. 그리고 이렇게 하는 것은 공감, 관용, 친절을 낳는다. 모든 것을 알게 되면 모든 것을 용서하게 된다.
>
> _데일 카네기, 《데일 카네기의 인간관계론》 中

데일 카네기가 강조하는 것이 또 하나 있으니 바로 '칭찬'이다. 아부를 떨라는 것이 아니다. 작은 것이라도 좋으니 '칭찬'하고 '배려'하는 것을 몸에 익히자는 것이다. 밝은 군 생활을 위해서, 나아가 현명한 인간관계를 위해서도 꼭 필요한 습관이다.

내게 양을 그려 줘

"미안하지만…… 내게 양을 그려 줘."

이 대사를 처음 들어 본 사람은 별로 없을 것이다. 《어린 왕자》에는 참 많은 내용이 담겨 있다. 그중에서도 중요하게 다루고 있는 것이 '관계'다. 누군가와 관계를 맺기 위해서는 '책임'이라는 단어가 먼저 떠올라야 한다.

상대적으로 편한 후임이라도 막 대하면 안 된다. 흔히 '제대하고 안 볼 사람'이라는 무책임한 말을 하는데, 어디서 무엇이 되어 다시 만날지는 아무도 모를 일이다. 군대를 '작은 학교'라 생각하고 상대방에게서 진정한 마음을 얻어 내는 방법을 배웠으면 한다.

> 내 별에는 꽃이 한 송이 있는데, 매일 물을 주죠. 그리고 화산도 세 개나 가지고 있어서 일주일에 한 번씩 청소해 줘요. 휴화산도 청소해 주니까 모두 세 개예요. 언제 불을 뿜을지 모를 일이거든요. 내가 내 꽃과 화산들을 소유함으로써 그것들에게 유익함을 주죠. 그런데 아저씨는 별들에게 별로 도움이 되질 않는 것 같네요.
>
> _생텍쥐페리, 《어린 왕자》 中

잃어버린 관계를 찾아서

밝은 관계는 '밝은 마음'을 전제로 한다. 나 스스로 늘 좋은 생각만 해야 상대방에게도 좋은 영향을 끼칠 수 있는 것이다. 프루스트는 그러한 마음의 변화와 힐링이 '책'으로 가능하다고 믿었던 작가이다. 그는 소설을 통해 삶의 행복과 불행을 배울 수 있다고 말했다. 여기에는 물론 '인간관계'도 포함된다.

안타깝게도 프루스트의 책이 쉽게 읽히는 책은 아닌지라 알랭 드 보통의 《프루스트가 우리의 삶을 바꾸는 방법들》도 함께 소개한다. 이 책은 우선 얇다! 그리고 쉽다! 그 후에 용기가 난다면 프루스트의 《잃어버린 시간을 찾아서》도 함께 도전해 보자. 삶이 한층 다르게 보일 것이다. 내 옆에 있는 무슨 파충류같이 생긴 선임이 이제는 사람으로 보일지도 모른다!

> 우리가 상대방을 너무 잘 안다는 느낌이 든다면, 아이러니컬하게도 진짜 문제는 우리가 상대방을 충분히 잘 알지 못한다는 점일 것이다.
>
> _알랭 드 보통, 《프루스트가 우리의 삶을 바꾸는 방법들》 中

말하지 않아도 알아요~ 정말?

정말 다양한 사람들이 어울리게 되는 곳이 군대다. 누구나 한 번쯤은 군대 와서 긍정적 의미든 부정적 의미든 '살다 살다 이런 인간 처음 봤다'라는 생각을 해본 적 있을 것이다. 함께 복무하는 전우들은 생긴 것만큼이나 다양한 배경 속에서 살던 사람들이다. 그 때문에 상대방이 어디에서 왔든 그 누구와도 상대할 수 있는 능력을 키울 수 있다. 또한 사람을 보는 눈도 키울 수 있다.

한 가지 기억할 것은, 언제나 사람의 마음을 움직일 수 있는 것은 '진심'이라는 것이다. 그리고 표현하지 않으면 '말하지 않아도 알아요~' 백날 노래를 불러 봤자 모른다. 그러니 지금이라도 주변에 마음을 표현하자. 이참에 구석에서 눈물 콧물 찔찔 흘리고 있는 막내에게 휴지라도 주면서 말이다.

❖ '인간관계'와 관련된 추천 도서

《프루스트가 우리의 삶을 바꾸는 방법들》, 알랭 드 보통, 청미래, 2010.
《잃어버린 시간을 찾아서》, 마르셀 프루스트, 민음사, 2012.
《데일 카네기의 인간관계론》, 데일 카네기, 더클래식, 2011.
《어린 왕자》, 생텍쥐페리, 문학동네, 2007.
《사기 본기》, 사마천, 민음사, 2010.

≡

3장

열정 일발장전

나, 군대에서 사전 본 놈이야

13년 만이었다. 1년 전, 1번 국도를 따라 14킬로미터를 걸을 일이 있었다. 릴레이로 국토 순례를 하는 것이었는데, 차도를 따라 걷다가 인도가 나오면 올라서기를 반복했다. 아무 준비 없이 임했더니, 낭패였다. 고백건대 그렇게 걷는 것은 제대 후 처음이었다. 어떤 목적을 가지고 길가를 빠른 속도로 걷는 것이 꼭 행군 같았다.

몸은 힘들었지만, 굉장히 좋은 경험이었다. 앞서 걷는 사람의 발을 보고 따라가는 것이 즐거웠다. 무엇보다 고민거리나 생각이 정리되었다. 포기해야 하는 많은 것들이 그 한 날의 걸음으로 정리되었다. 잊고 있던 경험이었다.

철원 3사단에서 군 복무를 했는데, 그곳에서의 기억은 쉽게 잊히지 않는 특별한 것들이다. 후에 다시 그런 경험을 해본 적이 없기 때문일 것이다. 추위와 눈, 행군과 길, 숨겨져 있는 수려한 풍경을 함께 즐겼던 동료들. 그것들은 너무 선명해서 가끔 꿈에도 나타나니, 언뜻 그리움이 깊은가 싶다.

처음 입대했을 때의 막막함. 다녀온 사람은 알겠지만 지나고 나면 그것 참 별거 아니라는 생각이 든다. 이제 뭔가를 놓아야 할 때라는 것, 나만의 시간은 포기해야 한다는 것을 깨닫는 데에는 많은 시간이 걸리지 않았다. 하지만 곧 그 놓아 버린 시간을 대신할 무언가를 찾게 되었다. 군대에서 보내는 시간을 소비와 낭비라고만 생각한다면, 아무리 징집이라 하더라도 그 많은 한국 남자들이 군 생활에 이리 잘 적응하지는 못했을 것이다.

남자들은 군대에서 미래를 준비하고 시작한다. 행군을 하며 두 가지 생각밖에는 들지 않았다. 하나는 지나온 과거의 여러 날들을 곱씹으며, 반성하고, 계획하는 것이다. 군대에서의 더딘 시간이 이것을 가능하게 해준다. 또 하나는 제대 후에 할 일들을 생각하는 것이다. 처음에는 막막하다가 제대가 가까워질수록 그것은 굉장히 구체적인 일이 되어 갔다.

입대 전 문예창작학과에 다녔는데, 행군을 하며 걸으면 걸을수록 나는 영 전공과는 어울리지 않는다는 생각이 들었다. 글을 쓸 자신도 없고, 그러고 싶지도 않다는 것을 깨달았다. 다시 수능 공부를 해서 대학에 가야겠다고 마음먹었다. 지난 세월을 허비한 듯한 느낌이 들었지만 어쩔 수 없는 일이었다. 누더기 학점은 제쳐 놓고라도, 너무 늦은 나이에 입대한 것도 마음에 걸렸다.

수능 공부를 시작했다. 마침 입시를 준비하는 선임들에게 과외 수업을 한다는 핑계로 매일 두세 시간씩 하루도 거르지 않았다. 결론부터 말하면, 반년쯤 하다가 수능 공부를 그만둬 버렸다. 공부를 하다 보니 이상하게도 내가 선택한 전공이 옳았음을 확인할 수 있었기 때문이다.

그런데 글을 잘 쓰기 위해서 무엇을 해야 하는가. 다시 막막해졌다. 그래서 더더욱 단순한 일을 찾게 되었다. 바로 국어사전을 보는 것이었다.

2,200쪽이나 되는 사전을 맨 앞장 띄어쓰기, 맞춤법부터 맨 뒤 한자 부수까지 11개월에 걸쳐 보았다. 단순히 사전을 노트에 옮겨 적는 일이었지만 훈련 나가는 날을 빼고는 거른 적이 없었

국어사전

다. 사전을 정리한 것이니 써먹을 것은 되지 못했다. 하지만 훗날 대학 노트에 빼곡하게 적혀 있는 순우리말과 사자성어, 속담 같은 것을 볼 때마다 뭘 써도 될 것 같은 이상한 자신감을 얻었다.

'나는 군대에서 사전 본 놈이야.'

문예 공모에 낙선할 때마다 속으로 되뇌었다. 그리고 제대한 이듬해, 나는 실제로 작가가 되었다.

확언컨대 나를 작가로 만들어 준 것은 순전히 대학 노트를 빼곡하게 채우며 군에서 보낸 시간이었다. 다짐과 결심을 하게 해 주었던 길 위의 시간, 그리고 고요한 산속에서 우두커니 올려다보았던 밤하늘의 수많은 별 같은 것이었다.

소설을 쓰기 힘들거나, 삶의 고민에 가로막힐 때면 지금도 나는 그때 그 대학 노트를 꺼내어 훑어본다. 거기에는 내 인생의 시작, 맨 처음이 고스란히 숨 쉬고 있기 때문이다.

백가흠

소설가입니다. 2001년 서울신문 신춘문예에 단편소설 〈광어〉가 당선되어 등단한 이래, 우리 시대의 불편한 진실들을 아이러니와 판타지로 녹여 낸 개성적인 작품들을 발표해 왔습니다. 그간 소설집 《귀뚜라미가 온다》 《조대리의 트렁크》 《힌트는 도련님》, 장편소설 《나프탈렌》 《향》 등을 냈으며 남성의 폭력성과 소외된 이들의 삶에 주목하고 있습니다.

피하면 회피,
안 피하면 해피

"이미도는 군복 안 벗을 거야."

1988년 소위로 임관할 때 퍼졌던 소문이다. 공군 사관후보생 83기 동기들은 내가 장기 복무를 신청할 거라고 판단했던 듯하다. 그것은 내가 명예위원장으로서 보여 준 열정 때문이었을 것이다.

후보생들의 자치기구 대표인 명예위원장 선거에 출마했던 이유는 넉 달 동안의 고된 훈련을 '즐기듯이' 받고 싶었기 때문이다. '성과를 내려면 과정이 재미있어야 한다'는 모토로 활동에 임했고, 그 덕분에 우리의 병영 생활은 더 유쾌하고 명랑할 수 있었다. 또한 후보생 중 한 명의 낙오도 없이 모두 임관했다. 이는 공군 사관후보생 역사상 전무후무한 기록일 것이다. 자찬인 것 같아 쑥스럽지만 임관식 때 나는 다음과 같이 짧고 굵은 축사를 남겼다.

"총원 268명, 사고 무, 현재원 268명. 자랑스럽다!"

주변에서 '이미도는 군복을 안 벗을 것'이라고 생각할 만큼 명예위원회를 잘 이끌 수 있었던 동력은 '좋아하는 걸 하라(Do what you love)!'는 평소 나의 신념에 있었다. '피하면 회피, 안 피하면 해피'라는 나의 생활 태도가 자연스럽게 동기생들에게도 영향을 주었던 것이 아닐까.

군대에서 자주 쓰는 용어 중 하나로 '피교육자'라는 말이 있다. 자연스럽게 '피똥을 싼다', '피곤하다', '피치 못해 따른다'는 말을 연상시키는, 부정적인 정서가 스며 있는 용어이다. 나는 그것을 능동적인 용어로 바꿔 보고 싶었다.

그 후에도 'Do what you love!' 정신의 실천은 계속되었다. 임관 후 나는 공군교육사령부 영어교육대대(외국어교육실의 전신)에서 영어 교관으로 복무하게 되었다. 그때의 값진 경험은 이후 내가 외화 번역가로 20여 년, 작가로 10여 년째 활동하는 데 커다란 발판이 되어 주었다.

내가 3년간 지도한 학생들은 해외로 파견 교육을 받으러 나갈 장교와 부사관들이었다. 이제 와서 돌이켜 보면 참 수월하게 가르쳤던 것 같다. 당시 파견 여부를 결정짓는 평가 시험은 미군이 담당하고 있었는데, 합격률이 항상 90퍼센트를 넘을 만큼 내가 맡은 학생들의 실력이 뛰어났기 때문이다.

하지만 교육을 하며 내가 답답하게 여겼던 점은, 대부분 이미 커트라인보다 훨씬 높은 점수를 받을 만한 실력을 갖고 있으면서도 시험용 공부에 몰입하느라 정작 말하기와 쓰기 실력을 쌓는 알짜 공부는 소홀히 하더라는 것이다.

1997년 어느 날, 전화 한 통을 받았다.

"이미도 교관님이시죠? 며칠 전 극장에서 영화 〈에어 포스 원〉을 봤는데, '번역 – 이미도' 자막이 뜨기에 혹시나 싶어 수소문했습니다. 저는 ○○○ 중령입니다."

그 중령은 "교관님께 영화로 영어를 배웠던 경험이 미국에 가서도 크게 도움이 됐습니다"라는 말도 덧붙였다.

시험 실력을 쌓아 주는 교육과 더불어 실용적이고 재미있는 교수법을 찾던 나는 영화로 영어를 가르치는 수업도 병행했다.

'Do what you love!'의 교훈에 따라, 매너리즘에 빠지지 않고 보다 열정적으로 가르치려는 노력의 일환이었다. 그런 노력이 결실을 본 것 같아 통화가 끝나고도 한참 동안 기뻤다.

'Do what you love!'라는 메시지는 위대하다. 미국 시카고대학교가 모교 출신 노벨상 수상자들에게, 또 누군가 생전의 스티브 잡스에게 똑같은 질문을 했다고 한다. "귀하가 이룬 성공 혹은 창조적 성과의 원천은 무엇입니까?" 그들이 이구동성으로 한 대답이 바로 "Do what you love!"였다.

훗날 내가 지금의 직업을 갖고 이 교훈을 실천할 수 있도록 멋진 경험을 쌓게 해준 대한민국의 공군에 고마운 마음을 전한다.

"Thanks a million!"

이미도

작가이자 외화 번역가입니다. 영화와 영어, 글쓰기를 좋아하여, 애니메이션 〈쿵푸 팬더〉 〈슈렉〉 〈메리다와 마법의 숲〉, 영화 〈반지의 제왕〉 시리즈와 〈진주만〉 〈글래디에이터〉 〈이보다 더 좋을 순 없다〉 등을 번역했고, 저서로 《똑똑한 식스팩》 《이미도의 영어 선물》 《이미도의 영어 상영관》 《나의 영어는 영화관에서 시작됐다》 등이 있습니다.

모포 4단 개?

군 생활을 할 때 선임이든 후임이든 나에게 말을 잘 걸지 않았다. 지금이야 여드름이 다 들어갔지만 그때는 더 독하게 생겼었나 보다. 제대 후 개그맨 시험을 볼 때 그랬듯이, 입대할 때도 얼굴 덕을 좀 봤다. 본부 중대에서 자대 배치를 기다리고 있을 때였다.

나는 글씨도 잘 쓰고 그림도 잘 그리는 데다 컴퓨터도 잘했다. 그곳 담당 계원이 나의 능력을 알아보고는 내가 행정병이 될 수 있도록 적극 추천하겠다고 했다. 얼마 후 대대장님이 나를 직접 보고 싶어 하신다기에 찾아갔다.

"충! 성!"

"어 그래, 너니? 음……."

그러더니 나를 추천한 계원에게 이렇게 말하는 것이었다.

"우리는 지금 행정병이 필요 없잖아?"

대신에 나는 목공병이 되었다. 워낙 만드는 것을 좋아했고, 또 뭐든지 잘 만들었기 때문에 나에게 딱 맞는 보직이었다.

탄약고를 새로 짓고 나서 얼마 지나지 않아 어머니가 면회를 오신 적이 있다. 시멘트 독이 올라 코끼리 피부처럼 변한 내 손을 보더니 어머니는 말없이 우셨다. 사실 임무 수행은 별로 힘들 것이 없었지만, 어머니가 마음 아파하시는 것을 보니 조금 힘들었다.

서예와 그림 그리기는 나의 군 생활 중 커다란 낙이었다. 끼를 살려 체육대회 때 응원단장을 하거나 웅변대회에 나가 입상도 했지만, 그것은 포상과 외박을 위한 노력이었다. 휴가 나가는 선후임에게 부탁해 붓이랑 먹을 구해 놓고, 시간 날 때마다 한자를 썼다. 그때 한자를 500자 정도는 깨우친 것 같다. 목공병답게 전문가들이 가지고 다니는 아트박스도 직접 만들었다. 내가 관물대에다 이름을 써주거나 난을 그려 주면 다들 그렇게 좋아할 수가 없었다.

뭐든 잘했던 것처럼 자랑했지만, 신병 시절에는 나도 뭘 몰라 어리바리하긴 마찬가지였다. 개구리 올챙이 적 생각 못 하고 말년 병장 때 큰소리 떵떵 치며 살았던 것을 생각하면 우습다.

비상 훈련이 있었던 어느 날의 일이다. 한밤중에 사이렌이 요란하게 울리자 잠에서 깬 대원들이 허겁지겁 군장을 챙겼다. 모프(MOPP, 임무형 보호 태세) 4단계. 최고 수준의 방어 태세였다. 나는 말년 병장답게 능숙한 솜씨로 방독면을 쓰고 생활관에서 허둥대는 후임들을 지휘했다.

그중에 유난히 느려서 남들이 이미 군장을 챙기고 있는데 혼자 내복 바지를 추켜올리는 녀석이 있었다. 갓 전입 온 신병이었다. 내가 다가가 호통을 쳤다.

"야, 뭐하는 거야! 얼른 모프 4단계!"

그랬더니 녀석은 거의 울 것 같은 표정으로 침상 위에 깔린 모포를 4단으로 접는 게 아닌가!

기억에 남는 인연이 참 많았던 군 생활이었다. 어쩌면 내가 기억하는 사람보다 나를 기억해 주는 사람이 더 많을지 모른다. 나는 모두에게 내가 개그맨이 될 것이라고 말하고 다녔다. 매주 일요일 취침 전에 〈개그 콘서트〉를 보면서도 후임들에게 말하곤

얼굴도 못생긴 것들이
하하항 !!
항하하!!

했다. 제대하면 저 무대에 설 거라고.

제대 후 1년이 흐르고, 정말로 내 후임들은 생활관 TV에서 나를 만날 수 있었다. 처음 치른 KBS 개그맨 공채 시험에 덜컥 합격해 〈개그 콘서트〉 무대에 데뷔한 것이다. 후임들이 나를 보고 희망을 많이 품었다고 한다. 떠벌리고 다니던 말을 실제로 이뤘으니 그랬나 보다. '정종철 병장처럼 흔들리지 않는 목표를 가지고 노력하면 되는구나'라고 생각했다 한다.

물론 목표가 흔들리지 않았던 것은 맞지만, 그렇다고 크게 노력하지는 않았던 것 같다. 이렇게 생기려고 노력한 적도 없을뿐더러 개그맨 시험을 치를 때 써먹었던 '테트리스'나 '너구리' 같은 게임 성대모사도 중학교 때부터 해오던 것 그대로였다.

뼈를 깎는 노력은 요즘 더 많이 하는 것 같다. 나는 군 시절에도 그렇게 하기 싫어하던 운동을 해서 '몸짱'이 되었다. 매일 두 시간씩 헬스클럽에서 땀 흘릴 때마다 나의 한계를 경험한다. 그리고 늘 그것을 이겨 낸다.

견딜 수 없이 힘들어도 지나고 나면 아무것도 아니다. 버티고 나면 훌쩍 성숙해지는 것이다. 상처 입은 근육 세포가 회복되면서 더 굵어지는 것처럼.

장병 여러분, 부디 힘들다고 달력에 X자 그리지 마시고 그 시간을 어떻게 즐길지 궁리해 보시길.

정종철

'옥동자'와 '마빡이'로 유명한 개그맨입니다. 아들과 두 딸에게 부끄럽지 않은 아빠가 되기 위해 운동을 시작해 이제는 식스팩을 자랑하는 '몸짱'이 되었습니다. 그 경험을 살려 다이어트 쇼핑몰 '옥동자몰'의 대표를 맡고 있으며, 《아빠의 뱃살혁명》이란 책도 냈습니다.

외로운 DMZ에 흐르던 내 목소리

휴전선에 가본 일이 있다면 아련히 떠오르는 어떤 전형적인 광경이 있을 것이다. 나도 초등학생 때 '수학여행 패키지 투어'랄까, 아무튼 당시 빼놓을 수 없는 견학 코스라는 이유로 휴전선에 가본 일이 있다.

나란히 줄을 서서 망원경을 통해 보던 북한의 선전 농장과 아파트, 그리고 거기서 일하던 북한 사람들의 윤곽에서 느꼈던 이상한 비현실감. 그 묘한 영상의 배경에는 늘, 북한군과 국군의 격앙된 선전 방송이 먼 곳에서 들려오고 있었다. 물론 그때는 내가 그 거친 목소리의 주인공이 되리라고는 꿈에도 생각하지 못했다.

대학교 3학년 여름방학 때, 나는 군대에서 웬 아나운서를 모집한다고 하기에 별 생각 없이 지원했다가 운 좋게 입대 통지를 받았다. 국군 전체를 통틀어 네 명밖에 없는 보직 번호를 받아 들고 2월의 어느 눈 내리던 날, 나는 더플백을 메고 심리전단으로 전입을 갔다.

거친 20대 남자들뿐인 한겨울의 전방 부대에 비해, 수도에 있는 심리전 부대의 분위기는 너무나 고요했다. 따뜻한 난로 위에 놓인 주전자에서는 김이 피어오르고, 돋보기안경을 쓴 초로의 영관급 간부들이 원고지를 사각거리는 소리가 햇볕 좋은 사무실에 이따금 들려올 뿐이었다. 복도에는 정복을 입은 여군들이 오가고, 'ON AIR'라는 붉은 등이 켜진 스튜디오에서는 가요와 행진곡이 흘러나오고 있었다.

하지만 보직에 배치받은 지 며칠 만에 나는, 얼핏 평화롭고 따분할 것 같은 이곳이 사실은 전군에서 거의 유일하게 실전에 배치된 부대임을 알게 된다. 대북 방송은 훈련이나 연습이 아닌 실제 '작전'이다. 매일 남한과 전 세계에서 일어나는 소식을 북한 인민군과 주민들에게 전달하는 것은, 정보를 통제당하고 있는 북측 사람들에게 중요한 일이었다. 우리네 음악과 라디오 드라마 같은 오락거리를 방송하는 것도 부대의 주요 임무 가운데 하나였다.

나는 매일 오전 스튜디오에서 원고를 받아 들고 북한으로 방송될 내용들을 녹음했다. 내 목소리는 저음인 데다 필요한 경우 꽤 세게 소리를 낼 수도 있어서, 위압적인 내용을 전달하는 데 알맞다고 했다. 내가 선발된 것은 그런 이유였다. 나와 함께 일하는 세 명의 아나운서들도 제각각 자신이 맡은 역할들이 있었다.

녹음된 프로그램은 약간의 시간을 두고, 휴전선 248킬로미터를 따라 설치된 수백 대의 스피커를 통해 일제히 북쪽으로 방송되었다. 가끔은 보다 정확한 모니터링을 위해 휴전선까지 나가서 방송을 듣는 일도 있었다. 이따금 최전방에 나갈 때마다, 그곳에서 쩌렁쩌렁 울리는 내 목소리에 놀라곤 했다. 나는 북쪽으로 갈 수 없었지만, 내 목소리는 투명한 바람처럼 북쪽으로, 북쪽으로 날아갔다.

실제로 가보면 휴전선은 무척 길고, 험하고, 아름답다. 가끔 한밤중에 잠이 오지 않을 때는 내무반에 누워, 멀리 전방에서 캄캄한 저편으로 퍼져 나갈 내 음성을 생각했다. 그리고 낯선 곳에서 숨죽이며 내 이야기를 듣고 있을 어떤 사람과 그의 가족을 생각

나는 북쪽으로 갈 수 없었지만,
내 목소리는 투명한 바람처럼
북쪽으로, 북쪽으로 날아갔다.
한번씩 캄캄한 밤에 외로운 DMZ 위로 울리던
내 목소리를 떠올리곤 한다.
그 묘한 기억은, 죽을 때까지 잊지 못할 것 같다.

했다.

음성으로 표현되든 전파로 변환되든 문자로 기록되든, 사람의 생각과 마음과 진실은 넓은 공간을 건너서 또 다른 사람의 삶에 변화를 일으키게 된다. 그것을 흔히 커뮤니케이션이라고 한다. 나는 그런 놀라운 현상을 가장 축약적으로 시도하고 있는 조직에서 젊은 시절 2년을 보냈고, 그 영향 탓인지 몰라도 여전히 방송을 만들고 소설을 쓰면서 살아가고 있다.

대북 방송은 남북 관계 변화에 따라 2003년에 공식적으로 종료되었고 나의 군 생활도 그와 함께 추억 속에 남게 되었다. 분단 시대의 가장 드라마틱한 커뮤니케이션은 내가 제대한 이듬해에 그렇게 막을 내렸지만, 나는 아직도 한번씩 캄캄한 밤에 외로운 DMZ 위로 울리던 내 목소리를 떠올리곤 한다. 그 묘한 기억은, 아마 죽을 때까지 잊지 못할 것 같다.

류호진

KBS의 인기 프로그램인 〈1박 2일〉을 시작으로, 〈승승장구〉 〈달빛 프린스〉를 연출한 PD입니다. 최근에는 〈우리동네 예체능〉을 담당하며 시청자들에게 큰 웃음을 선사하고 있습니다. 《플레이어》라는 스릴러 소설을 출간한 이야기꾼이기도 합니다. 심리전 부대에 복무하면서 배운 심리에 관한 지식이 소설을 쓰는 데 큰 도움이 되었다고 합니다.

요즘은 의자에 앉아 도면을 그리나?

나는 건축가이다. 다른 사람의 집이나 건물을 지을 수 있도록 설계하는 일을 한다. 고등학생 때 미래의 꿈을 스케치북에 그려 이야기하는 시간이 있었다. 남자치고 손이 작은 나는 손을 그대로 옮겨 그린 후, 작은 손으로 세상을 설계하는 건축가가 되고 싶다고 발표하였다.

이후 건축과에 진학하여 본격적으로 건축 및 설계에 대해 접하기 시작하였다. 처음 건축을 배우기 시작할 때는 열정만 가득 차 있었다. 하지만 대학교 2학년 때 첫 설계 과제를 하면서부터 건축을 대하는 태도가 조금씩 바뀌게 되었다.

그즈음 동기들은 하나둘씩 휴학을 하고 군에 입대하였는데, 나는 이제 막 건축 설계에 눈을 뜨기 시작한 터라 공백 기간 없이 집중해서 공부하고 싶었다. 그래서 4학년 때 졸업 설계를 마치고서야 군대에 갈 고민을 하게 되었다.

짧게 사병으로 다녀올 것인가, 아니면 경력을 100퍼센트 인정받을 수 있는 장교로 갈 것인가. 고민하다 이듬해 7월 입대하는 학사장교 공병에 지원하여 합격하였다. 그리고 겨울 방학 때부터 선배가 운영하는 설계 사무실에 정식 취업해서 본격적인 실무를 경험하게 되었다.

그 과정에서 여러 선배들과 친구들의 조언으로, 육군 공병 장교는 건축 시공업무에 가깝다는 것을 알게 되었다. 설계를 하고 싶다면 자체 설계실을 운영하는 공군, 해군, 해병대의 시설 장교가 더 적합하다고 했다. 결국 육군 학사장교를 포기하고 해병대 학사장교 시험을 다시 치러 1996년 3월에 입대했다.

고된 훈련을 마치고 무사히 임관한 후 자대 배치를 받을 때가 되었다. 나는 설계 사무실에서 1년여 동안 일한 경력이 있어, 포항이나 김포가 아닌 해병대 사령부 건축 설계 장교로 배치받게 되었다. 소위는 갈 수 없다는 사령부에서 정식 군 생활을 시작하게 된 것이다.

설계 경험도 있던 터라 나는 누구보다 자신이 있었다. 하지만 그 생각은 첫날부터 깨지기 시작했다. 컴퓨터가 보급되어 있지 않아 모든 도면을 손으로 그려야 했고, 표준 품셈부터 최종 공사비까지 모든 견적을 하나하나 계산기를 두드려 직접 만들어야 했다. 해병대 사령부 건축 설계실은 매일 밤 불이 꺼지지 않는 것으로 유명한 곳이었다.

소위 임관 후 훈련병 시절보다 더 고된 1년을 보내고 나서, 나의 제안으로 민간 설계 사무실처럼 컴퓨터와 도면 그리는 프로그램, 견적서 작성 프로그램을 도입하게 되었다. 이후 규모가 작은 자체 설계를 제외하고 기획 업무와 예하 부대 시설물 점검을 통한 설계용역 발주 및 감독, 공사 감독 등을 본격적으로 맡아 진행하였다.

당시 육군 등 다른 곳보다 시설물이 좋지 않았던 해병대는 현대화를 위해 여러 가지 사업을 진행하였다. 덕분에 나는 운 좋게 굵직굵직한 프로젝트를 직접 경험할 수 있었다.

학사장교로 해병대에 입대하게 된 것은 건축가인 내 삶에 큰 전환점이 되었다. 부실한 말단 부대를 돌아보며 무엇이 필요한지

기획할 수 있었다. 직접 손으로 그리고 감독한 도면이 실제의 건물로 지어지는 과정을 보면서 전체 프로세스를 읽을 수 있었다. 뿐만 아니라 각기 다른 재료의 물성(物性)과 실제 표현되는 과정 하나하나의 소중함도 느낄 수 있었다.

그리고 다른 무엇보다도 나의 자세를 낮추고, 사람 냄새 나는 건축 공간을 꿈꿀 수 있게 되었다.

해병대에서 키운 강인한 체력과 정신력은, 내 삶이 꾸준하게 발전할 수 있는 발판을 마련해 주기도 했다. 다른 친구들처럼 그저 휴학하고 군대에 갔다면 건축가로서 오늘의 나는 없었을지도 모른다.

학교에서 학생들과 설계 스튜디오를 진행하다 보면 군 입대에 대해 상담을 해오는 친구들이 있다. 나는 그때마다 단순히 의무감으로 입대하지는 말라고 조언한다. 누구나 가야 할 군대라고, 나이가 찼다고 다 포기하는 마음으로 가서는 안 된다.

군대에도 사회처럼 모든 직종의 관련 부서가 있다. 이왕이면 자신이 하고자 하는 것을 연장해서 할 수 있는 보직을 찾아 도전해 보기를 권한다. 한 가지 목표를 가지고 꾸준히 나아가 즐거움을 찾을 때, 비로소 전문가가 될 수 있을 테니까.

처음 해병대 사령부 건축 설계실에서 나를 꾸짖던 선배 장교의 고마운 한마디가 아직도 귀에 생생하다.

"김 소위! 요즘 소위는 의자에 앉아서 도면을 그리나?"

김창균

건축가입니다. 현재 유타 건축사사무소를 운영하고 있고, 2011년 '젊은 건축가상'을 수상하였습니다. 서울시립대학교 건축학과 겸임교수를 지냈고, 보성주택, 파주 사이마당집, 철원 평상집, 서울시립대학교 정문 등을 설계하였습니다. 동네에 어울리고 사람들과 함께하는 공공재로서의 건축 공간 만들기에 주력하고 있습니다.

인생은
원맨쇼가 아니다

"깡패를 하려거든 두목이 되고, 딴따라를 하려면 '넘버 원'이 돼라."

학창 시절 곧잘 건달 행세를 하던 내게 아버지가 일러 주신 말씀이다. 입대하던 날, 논산 훈련소로 향하는 기차의 객실 통로에서서 으름장을 놓았더니 다른 입영병들이 공포에 질려 아무 말도 하지 못했다.

이런 내가 걱정스러웠던 어머니는 매주 훈련소로 찾아오셨다. 다른 생각 말고 군 생활 착실히 하라는 말씀만 몇 번씩 되풀이하고 가셨다. 어머니가 오시지 않는 날에도 나는 면회장에 자주 나갔다. 다른 훈련병의 가족이 찾아올 때 면회 신청을 부탁한 것이다.

음식을 얻어먹기만 하는 것이 미안해서 나는 마이크를 잡고 비장의 개인기를 꺼내어 면회 온 사람들을 웃겨 주었다. 기관총 소리와 대포 소리는 물론이고 1950년대에 유행했던 창극 '배뱅이굿'까지.

"왔구나아. 왔소이다. 배뱅이 혼신이 온 것이 아니라 논산에다 보내 놓은 내 아들 잘되라고 우리 오마니가 오늘도 면회를 왔소이다아."

내 목소리가 훈련소 전체에 울려 퍼졌다. 한번은 사단장님이 면회장을 지나가다가 물었다.

"저거 누구야?"

"네. 훈련병이 하나 왔는데 아주 괴짭니다."

사단장님은 내게 "광대나 해먹어라" 하고는 떠나갔다. 지금 생각해 보니 그 말씀이 맞았다. 나는 광대일 때 행복했다. 내 목소리에 관객들이 웃을 때마다 힘이 솟았다.

군 생활을 하며 만난 가장 엄격했던 관객은 다름 아닌 내무반장이었다. 훈련소를 퇴소한 나는 김해에 있는 공병학교로 배치받았는데, 이미 그곳에까지 나에 대한 소문이 퍼진 뒤였다. 나는 장교들의 파티나 사병 모임에 불려 가 어김없이 마이크를 잡았다. 훈련을 마치고 내무반에 돌아와서도 마찬가지였다. 훈련 중에 있었던 일이나 조교의 시범을 그대로 흉내 내면 동료들이 자지러지곤 했다.

그중에서도 내무반장이 유독 이야기 듣는 것을 좋아했다. 그

를 웃기기 위해 나는 늘 새로운 레퍼토리를 만들어야 했다. 어쩌다 몇 달 전에 했던 이야기와 조금이라도 비슷한 말을 하면, 그는 귀신같이 짚어 내어 나를 놀라게 했다. 나는 오기가 생겨 이야기 책까지 구해 두고 연구를 했을 정도였다. 이 엄격한 관객 덕분에 원맨쇼 실력을 톡톡히 쌓을 수 있었다.

제대 후에 나는 하루빨리 무대에 올라 재능을 인정받고 싶었다. 금방이라도 스타가 될 것 같은 꿈에 부풀어 복학도 포기했다. 어머니가 어렵게 모아 주신 등록금으로 무대복을 사 입고 돌아다녔다. 도전했던 대회와 오디션마다 탈락을 거듭했지만, 꿈이 있는 방황이었다.

밤에 연습할 곳이 없었던 나는 가게를 지켜 준다는 명분으로 단골로 드나들던 다방 열쇠를 빌렸다. 장사가 끝난 밤이면 아무도 없는 다방에 들어가 축음기를 틀고 유행가를 따라 불렀다. 다음 날 아침 가게 문을 열 때까지 연습하며, 내가 있을 곳은 무대뿐이라는 확신을 가졌다.

꿈에 그리던 첫 무대는 뜻하지 않게 찾아왔다. 절친한 형의 소개로 찾아간 곳은 서울시민회관(세종문화회관의 전신)이었다. 당대 최고의 희극 배우였던 서영춘이 사회를 보고 있었는데, 그는 무명인 나를 소개조차 해주지 않았다. 나는 홀로 무대로 걸어 나가 그동안 갈고닦은 레퍼토리를 정신없이 쏟아 냈다.

"네, 지금부터 노래자랑을 시작하겠습니다. 먼저 제가 군 생활할 때 선임 하사로 계시던 현인 선배님 모시겠습니다아!"

군 시절 경험에서 아이디어를 내 당시의 유행가를 열창하자 관객들은 열광했다. 이후 이런저런 큰 무대에서 공연 요청이 쇄도했고, MBC 라디오에서는 내 이름을 딴 방송까지 만들게 되었다. 바로 〈남보원 쇼〉였다. 딴따라를 하려거든 '넘버 원'이 되라고 하셨던 아버지의 말씀을 이룬 셈이었다.

내가 원맨쇼의 일인자라 불리는 이유는 타고난 '끼'가 아니라 무명 시절을 견뎌 낸 '땀' 덕분이다. 그리고 인연 덕분이다. 아직도 무대에 설 때면 군 시절 겪었던 이야기를 한다. 나는 무대에 홀로 서지만, 인생은 결코 원맨쇼가 아니다.

남보원

원로 코미디언으로, 무슨 소리든 흉내 내는 성대모사의 달인이자 원맨쇼의 대가입니다. 코미디언 백남봉과 동료이자 라이벌로 활약하기도 했습니다. 50년 가까이 무대에 선 그는 아직도 부르는 곳이면 어디든 달려가는 현역입니다.

잊지 못할
첫 기상 브리핑

1978년 10월 ○○일 아침 07시 ○○비행대대 작전 상황실.

○○비행대대는 당시 최신예 전투기였던 F5E를 모는 조종사 20여 명으로 구성된 대한민국 공군의 최정예 비행대대였다. 이 부대의 조종사들은 매일 휴전선 일대를 수차례씩 비행하면서 대한민국의 하늘을 지키는 공군의 최전방 요원이었다.

2개월 전 이 비행단 기상대에 배속된 나는 '빨간 마후라'에 광채 나는 눈매로, 어깨를 활짝 펴고 늠름하게 걷는 장교들을 볼 수 있었다. 그때 속으로 '참 멋진 사나이들이구나'라고 생각했는데, 그 장교들이 바로 당시 대한민국 최고의 조종사들이었다.

그날 아침 나는 ○○비행대대 작전 상황실에서 첫 기상 브리핑을 해야 했다. 그해 연세대학교 기상학과를 졸업하고 공군 장교후보생으로 입대한 나는 5개월 동안의 기본 군사훈련을 받고 기상 장교로 임관했다.

그리고 교육사령부 기상교육대대에서 2개월 동안 기상 예보 교육을 추가로 받았다. 그곳에서 기상 관측 방법, 일기도 그리는 법, 보조 일기도 만드는 법, 모든 자료를 통합하여 일기 예보 내는 방법에 대해 배웠다.

그렇게 2개월을 연습한 뒤 처음으로 비행대대에 기상 브리핑을 하러 갔다. 그 전날 밤새 근무하면서 전국의 기상 상황을 점검했다. 일기도, 기상 레이더, 높은 하늘의 날씨까지 모두 파악해서 일기 예보를 낸 뒤 기상 브리핑 판에 종합했다. 그러고는 누구보다도 오늘 날씨 관측에 자신만만한 마음으로 ○○비행대대 작전 상황실로 향했다.

비행대대의 작전 브리핑은 기상부터 시작한다. 날씨에 따라 전투기가 뜨느냐 마느냐, 언제 비행이 가능한지, 어느 구역으로 비행을 할 수 있는지가 결정되기 때문이다.

비행 사고의 대부분은 눈, 비가 오거나 강풍이 부는 날, 안개가 짙게 낀 날 발생한다. 앞이 잘 보이지 않아 위험한 상황에 이르는 것이다.

특히 전투기는 1초에 1킬로미터 이상의 속도로 날기 때문에 순식간에 사고가 일어나며, 전투기는 물론 조종사의 목숨까지 앗아 가는 경우가 많다.

게다가 구름 속에는 하늘에서 땅으로 부는 바람인 하강 기류와 땅에서 하늘로 부는 바람인 상승 기류가 있어, 전투기가 구름 속에 들어갈 경우 갑자기 땅으로 떨어지는 등 예상하지 못한 일이 일어날 수 있다.

기상 브리핑 판을 들고 작전 상황실에 들어가니 이미 20여 명의 조종사들이 자리에 앉아 있었다. 잠시 후 대대장님이 들어오자 모두 자리에서 일어났다.

"전체 차려, 대대장님께 경례!"

제일 앞에 앉은 작전 장교가 구령하자 모든 조종사가 한목소리로 "필승" 구호를 외치면서 절도 있게 경례했다. 나도 얼떨결에 경례를 했다. 빨간 마후라를 하고 당당하게 자리에 앉은 조종사들의 모습에 나는 기가 팍 죽고 말았다.

기상 브리핑을 하라는 말에 연단으로 올라갔지만 온몸이 후

들거리고 오금이 저렸다. 현재 전국의 날씨와 일기도, 오늘과 내일의 일기 예보 순서로 브리핑을 해야 하는데 아무 생각이 나지 않았다. 그래도 마음을 가다듬고 써온 순서대로 더듬더듬 브리핑을 했다.

1분 정도면 끝날 브리핑을 얼마나 긴장되고 떨리는 마음으로 했던지 수십 분이 흐른 듯했다. 여기저기서 '무지하게 긴장했군' 하고 수군거리는 소리와 웃는 소리가 들렸다. 제법 쌀쌀한 아침이었는데도 얼굴이 빨개지면서 땀이 비 오듯 흘렀다.

그때 대대장님이 한마디 하셨다.

"이 소위가 처음이라 긴장을 많이 했군. 우리 이 소위에게 격려의 박수를 보냅시다."

그러자 조종사들이 우레와 같은 박수를 쳐줬다.

그 이후 전역할 때까지 일기 예보를 만들고 하루 대여섯 차례씩 수천 번의 기상 브리핑을 했다. 또 지난 30년 동안 KBS와 SBS에서 기상 전문 기자로 수만 번의 방송을 했고 리포트를 제작했다. 하지만 그때마다 ○○비행대대에서 했던 첫 기상 브리핑을 잊을 수 없었다.

그날 형편없는 브리핑을 했던 초임 소위에게 아낌없는 격려와 위로를 해주셨던 대대장님과 조종사들 덕분에 오늘의 내가 있는 것이다. 그분들께 이 자리를 빌려 진심으로 감사드린다.

이찬휘

전 KBS 기상 캐스터입니다. 많은 이들이 '하얀 머리 캐스터'로 그를 기억하고 있습니다. 기상 캐스터에서 물러난 뒤에는 SBS에서 의학 전문 기자로 활약했으며, 현재는 〈이찬휘 MNA〉라는 프로덕션을 운영하면서 의학 전문 기자로 일하고 있습니다.

나의 첫 오디션 무대

지금은 트로트 가수로 무대에서 노래를 부르고 있지만, 사실 나는 군 입대 전까지만 해도 오페라 아리아만 부르는 성악도였다.

정식 오디션을 거쳐 공군 군악대에 들어가게 되었고, 그곳에서의 생활 덕분에 전공인 클래식뿐 아니라 대중가요까지 음악적인 역량을 넓힐 수 있었다. 또한 많은 클래식 전공자들이 그러하듯 내가 가지고 있던 대중음악에 대한 막연한 편견을 버릴 수 있는 계기가 되었다.

군악대에서는 장성급부터 일반 사병까지 모두 즐길 수 있는 트로트를 불러야 했다. 공연 전날이면 생전 처음 듣는 트로트 악보를 보고 밤새도록 가사와 곡을 외웠다.

그래도 그렇게 군 행사용으로 익혔던 〈남행열차〉, 〈아파트〉, 〈군세어라 금순아〉 등은 지금까지 요긴하게 사용하고 있는 행사 레퍼토리다.

또 장성급과 수많은 병사들이 모인 무대는 긴장감을 떨치고 노래를 부를 수 있는 연습의 장이 되기도 했다. 이러한 경험들은 트로트 가수로 데뷔한 이후, 신인임에도 큰 무대에서 떨지 않고 나의 기량을 마음껏 보여 줄 수 있는 배짱을 키워 주었다.

나는 처음에 월드컵 가수로 이름을 알렸는데, 실제로도 축구를 무척 좋아한다. 보는 것뿐 아니라 하는 것도 좋아해서, 초등학교 때부터 축구공과 축구화는 꼭 챙겨 다녔다. 틈만 나면 친구들과 축구를 하거나 혼자 드리블 연습을 했다. 경기의 승부가 나지 않으면 수업종이 쳐도 교실에 들어가지 않았다. 심지어 선생님이 쫓아 나와 매질을 하셔야 '울며 겨자 먹기'로 교실로 향했던 기억도 있다.

공군 군악대 시절에도 축구에 대한 열정은 계속되었다. 2002년 월드컵이 한창이던 때 우리 부대에서 내 별명은 '트레제게'였다. 이탈리아의 축구 선수 트레제게가 넣은 골과 비슷한, 멋진 골들을 부대 대항전에서 선보였기 때문이다.

그런데 사실 부대 내에서의 축구 경기는 난처하면서도 즐거웠던 추억으로 남아 있다. 골을 넣으면 상대 팀 선임 눈치를 봐야 하고, 골을 못 넣으면 우리 팀 선임 눈치를 봐야 하니 이러지도 저러지도 못하는 상황에 놓일 때가 많았다. 아무리 휴식 시간이라고는 하나 고참과 후임의 차이는 엄연히 존재하기 때문이다.

어쨌든 이때의 축구에 대한 열정 덕분에 2006년 데뷔 후 〈빠라빠빠〉라는 노래로 월드컵 가수로 자리매김했고, 그것이 지금의 인기를 마련하는 발판이 되었다.

나는 군대를 통해 진로를 결정했다. 뿐만 아니라 사회를 떠나 고립된 환경 속에서 나를 더 단단하게 키우고, 나아가 다른 사람과의 관계에 대해 배울 수 있었다. 혹자는 한창 젊은 나이에 황금 같은 시간을 군대에서 낭비하기 싫다고 말하기도 한다. 병역 기피 문제가 사회적으로 논란이 될 정도다.

하지만 군대에서 보내는 시간은 결코 낭비가 아니라, 더 많은 것을 배우고 나 자신과 주변을 돌아보며 미래를 설계할 수도 있는 절호의 찬스다.

군대에 다녀오지 않았다면 지금의 나도 없었을 것이라고 생

나는 군대를 통해 진로를 결정했다.
뿐만 아니라 사회를 떠나 고립된 환경 속에서
나를 더 단단하게 키우고,
나아가 다른 사람과의 관계에 대해
배울 수 있었다.

각한다. 주변의 후배 연예인들뿐만 아니라 사회의 많은 젊은이들이 나와 같은 생각으로 군 입대를 바라본다면 분명 제대 후 달라진 자신의 모습을 확인할 수 있을 것이다.

박현빈

가수입니다. 2006년 〈빠라빠빠〉로 데뷔한 후 〈곤드레만드레〉 〈오빠만 믿어〉 〈샤방샤방〉 〈대찬 인생〉 〈앗 뜨거〉 등 신 나는 댄스 트로트 곡들을 연달아 히트시키며 차세대 트로트 스타로 우뚝 섰습니다. 2010년 첫 단독 전국 투어 콘서트를 성황리에 마친 이후 2011년에는 일본에도 진출하여 많은 사랑을 받았습니다. '행사의 제왕'으로 불릴 정도로 많은 무대에서 열정적인 모습을 선보이고 있습니다.

나의 축구 중계는
특공대에서 시작되었다

신병 교육대 훈련을 마치고 군단 사령부에서 자대 배치를 기다리고 있을 때다. 날개 달린 전투모를 쓴 병장 한 명이 복도에 줄지어 앉아 있는 동기와 내 앞을 오가며 농을 던졌다.

"너희 전부 다 특공대야. 죽었다 이제."

그가 잠시 사라진 틈을 타 우리는 조바심을 냈다.

"정말 특공대 가는 건 아니겠지?"

정확히 두 시간 뒤, 우리 다섯은 트럭 짐칸에서 허리를 꼿꼿이 세운 채 701특공연대 위병소를 통과하고 있었다.

위병소에서부터 들리는 "특! 공!" 구호는 우리 모두를 얼어붙게 만들었다. 부대 안 벽면에는 '결사특공', '살려는 자는 죽을 것이며 죽으려는 자는 살 것이다' 같은 구호가 빨간 글씨로 큼지막하게 새겨져 있었고 연병장에는 얼굴에 검은색 구두약을 바른 건장한 사내들이 웃통을 벗어 던진 채 무술을 익히고 있었다.

다행히 나는 연대 본부 인사과에 배속되었다. 하지만 행정병이라 훈련을 덜 받을 것이라는 애초의 기대는, 계속되는 '무한 야근'과 공수 훈련을 거치면서 산산이 부서졌다.

연대 본부 행정병의 일과는 매일 야근의 연속이었다. 고참 중 한 명이라도 야근을 하면 그 아래 졸병들은 아무도 내무실로 내려갈 수 없었다. 안 그래도 일이 많은 데다 이런 '위계'까지 존재하니 그야말로 죽을 맛이었다. 일병 6개월 동안 특히 야근을 심하게 했는데 이 기간에 저녁 점호를 받은 것이 손에 꼽을 정도다.

그래서인지 전투부대의 훈련에 참가하는 것이 오히려 다행스럽게 느껴졌다. 하지만 공수 훈련은 달랐다. 상병 계급장을 단 4월에 시작된 3주간의 공수기구 강하 훈련은 내 육체가 가장 큰 도전을 받았던 시기였다. 철저한 준비 없이 낙하산을 타면 자칫 생명을 잃을 수도 있기 때문에 교관들의 훈련과 감독은 유격 훈련이나 천리행군 같은 다른 훈련에 비해 고강도로 진행되었다.

알몸으로 뒷산 자갈밭 1킬로미터가량을 낮은 포복으로 행군하고, '막타워'를 하루에 수십 번씩 뛰어내려야 했다. 하지만 수천 피트 상공에서 낙하산을 메고 허공으로 뛰어내리는 순간, 지난 3주간의 고난은 씻은 듯이 잊혔다. 낙하하는 순간에 펄럭이던 바짓자락이 지금도 생생하게 기억난다. 그래도 내 군 생활은 다른 전투부원에 비하면 육체적으로는 태평한 편이었다. 낙하산을 탄 뒤로는 전역할 때까지 별달리 큰 훈련을 받지 않았다.

지난한 군 생활의 활력소는 단연 '전투 축구'였다. 일요일에 내무실별로 맞붙는 11대 11의 '정상' 축구도 물론 최고였지만, 매주 수요일 30명씩 팀을 이뤄 세 개의 공과 세 명의 골키퍼를 두고 맞붙는 전투 축구는 20대 청년들의 넘치는 기운과 근육이 부딪히는 파열음이 더해지면서 묘한 승부욕을 자극했다. 골키퍼를 차징(Charging)하는 선수까지 두고 마치 미식축구 하듯 몸과 몸을 부딪치는 세 시간의 열전은 군대에서만 맛볼 수 있는 이 독특한 스포츠의 진정한 매력이다.

사실, 내가 축구에 더 깊이 빠져들게 된 것도 바로 군대에서였다. 일반적으로 이등병이나 일병 때는 공격 일선에서 슛을 난사하기 바쁜 병장들의 뒤나 봐주는 것이 보통이다. 비록 계급별로 역할이 구분되기는 하지만, 최고참을 빼면 모두가 각자의 포지션에서 충실하게 경기에 집중하는 모습이 참으로 경이로웠다.

상대 팀 병장이 크게 호령하면 집중 마크의 임무도 잊고 갑자

기 자리에 우뚝 멈춰 서서 관등성명을 외치는 이등병의 얼어붙은 표정은 지금 생각해도 슬며시 미소가 지어진다. 입대 전 학교나 조기축구회에서 자유롭게 공을 차던 때에는 느끼지 못했던 군대 특유의 '조직력'은 승리나 골의 쾌감을 더욱 진하게 느끼게 했기에 늘 기다려졌다.

내가 이런 이야기를 하면 다들 군대 축구를 그리워하는 사람은 처음 봤다는 투로 고개를 갸웃거린다. 하지만 어쩌랴, 그게 사실인 것을. 어쩌면 지금 내가 가진 직업은 26개월의 군 생활 동안 잉태된 것일지도 모르겠다. 고맙소, 전우들!

서형욱

현재 풋볼리스트 대표 겸 tvN 축구 해설위원입니다. 2002년 한일 월드컵 당시 최연소이자 최초의 비(非)축구인 출신 해설위원으로 활약했습니다. 축구 역사 100년을 아우르는 해박한 지식을 바탕으로 해설을 하며, 축구를 좋아하는 많은 이들에게 해설위원의 꿈을 심은 주인공이기도 합니다. 《유럽 축구 기행》 《유럽 축구 유럽 문화》라는 책을 썼고, 《나는 축구선수다》라는 책을 번역했습니다.

한계를 넘어서다

"머리! 머리!"

요즘 나는 검도를 배운다. 새로운 무언가를 배운다는 것은 설레기도 하지만 무섭고 두렵다. 처음으로 검도를 배우려고 도장에 서 있는 나의 눈에 많은 것이 들어왔다.

내 옆에서는 나보다 어린 친구가 멋진 호구를 쓰고 대련 중이었고, 저편에서는 많은 사람이 기합소리와 함께 죽도로 허공을 가르고 있었다. 그들은 모두 상대의 허점을 찾으려고 날카로운 눈빛으로 서로를 바라보았다. 그리고 대련이 끝난 검객의 이마에는 송골송골 땀방울이 맺혀 흘러내렸다.

반면 내 앞에 놓인 거울 속에는 그 멋진 모습을 보고 부러움과 시샘으로 가득 찬 눈빛을 한 내가 있었다. 그래서인지 나의 두 손은 힘이 가득 들어간 채 죽도를 말아 쥐어 폼이 엉성했고, 발끝에도 힘이 들어가 스텝마저 엉키기 일쑤였다. 그 순간 관장님이 나에게 불호령을 내렸다.

"노광철! 힘 빼고, 천천히 해!"

관장님의 불호령에 자세를 고치는 것도 잠시뿐, 나보다 잘하는 저 어린 녀석을 흉내 내기라도 하듯 온몸에 힘을 주고, 급하게 죽도를 내리쳤다.

나의 20대도 비슷했다. 처음 해보는 것임에도 불구하고 나보다 앞선 사람을 부러운 눈빛으로 바라보고 빨리 따라잡겠다는 마음으로 그들을 흉내 내었다. 나는 그럴 때마다 몸에 힘이 들어갔고, 급하게 행동하느라 실수투성이였다. 실수할 때마다 나는 실패했다고 믿어 버렸다. 매번 실패한다고, 쓸모없다고 나를 미워하게 되었다. 그래서 나는 세상에서 도망치고 싶었다. 그렇게 도망쳐 버린 곳, 군대!

빡빡머리, 어딘가 어설퍼 보이는 모습. 방금 입대한 나의 모습이다. 아니, 입대한 모든 훈련병의 모습이다. 우리 앞에서 멋지게 총검술 시범을 보이는 빨간 모자의 조교, 그의 시범이 끝나면 모두들 환호하고 엄지를 치켜세웠다.

조교의 순서가 끝나면 당연히 돌아오는 우리의 순서. 훈련병 그 누구도 조교만큼 잘하진 못했다. 한 동작, 한 동작 우리는 천천히 배워 나갔다. 서툴렀지만 온몸에 힘을 빼고, 천천히 조교의 지시에 따라 동작을 배웠다.

그렇게 나는 훈련병이 되어서야 배우는 방법을 배웠다. 내가 여태 실패라고 여겼던 실수를 고쳐 가는 방법을 배웠다. 그 방법은 너무나 간단했다. 나의 모난 실수들을 연습을 통해 천천히 바꾸어 간다면, 그것은 실패가 아닌 성공으로 이어진다는 것을 배웠다.

그러고서 나는 동원사단의 작전병으로 자대 배치를 받았다. 대체 누가 행정병은 꿀보직이라고 했던가? 매일 반복되는 업무에, 큰 훈련이나 검열이라도 있는 날이면 야근의 연속이었다. 야근을 한다고 수당을 더 받는 것도 아니었고, 포상이 주어지는 것도 아니었다.

고된 업무가 반복되던 어느 날, 행정보급관이 말했다.

"광철아, 힘들지? 너 참 또라이 같았는데. 힘들어도 웃고, 즐겁

군 복무 기간에 작성했던 '군 생활 700일 계획표'를
'내 인생 70년 계획표'로 수정했다.
10년 단위로 내가 점령할 고지들을 표시해 두고,
그 고지를 점령하기 위해 필요한
훈련들을 기록하였다.
나의 한계를 깨부수기 위한
작전명령서인 셈이었다.

게 일하고, 한계가 없는 놈인 것 같았는데 왜 이렇게 지쳐 있어? 힘내서 이번 훈련도 열심히 하자!"

행정보급관이 처음 봤던 나의 모습은 한계가 없는 놈이었다. 하지만 어느 순간부터 나는 스스로의 한계를 만들고 안 되는 이유를 찾는 놈이 되어 버렸던 것이다. 나는 군대에 온 이유, 훈련소에서 배웠던 것들을 다시 한 번 생각하게 되었다. 그리고 그 모든 것을 잊은 채 또다시 예전처럼 실패하는 길을 찾고 있었음을 탄식했다.

군대라는 곳은 물자가 풍족한 것도 아니고, 생활 환경이 좋은 것도 아니다. 하지만 그런 곳에서도 웃고, 즐겁게 생활하는 사람들이 많다. 그들은 한계가 없다. 나도 그들처럼 한계를 부수기 시작했다.

그동안 부족한 환경을 핑계 삼으며, 누군가 시키지 않으면 내버려 두었던 일들을 하나둘씩 스스로 찾아서 해나가기 시작했다. 평면지도로만 이루어져 있던 상황판을 등고선에 따라 우드락을 잘라 붙여 우뚝 솟은 산과 개울까지 표현하여 입체적으로 만들었다. 후임들도 금방 배울 수 있도록 하루하루 반복되는 업무들에 대한 지침서도 만들었다. 항상 힘들다고 얼굴에 써 붙이고 다녔던 내가 어느 순간 웃으며 즐겁게 한계를 부수는 연습을 하고 있었다.

군 생활뿐 아니라 내 인생에 있어서 한계를 부수는 연습도 시작했다. 군 복무 기간에 작성했던 '군 생활 700일 계획표'를 '내 인생 70년 계획표'로 수정했다. 군 작전명령서처럼 여러 계획들을 이어 붙여서 계획표를 작성하였다. 10년 단위로 내가 점령할 고지들을 표시해 두고, 그 고지를 점령하기 위하여 필요한 훈련들을 기록하였다. 한마디로 나의 한계를 깨부수기 위한 작전명령서인 셈이었다.

나는 군 복무 기간 동안 힘을 빼고 천천히, 나에게는 한계가 없음을 증명하고 연습했다. 그래서 군 생활 700여 일 동안 내 인생 70년을 바꿀 계획을 세웠다. 남들은 속된 말로 2년 동안 썩다가 나온다고 말하는 그 군 생활이 내 인생에 있어서 제2의 도약기가 된 것이다.

나는 전역한 뒤 주위에서 힘들다고 말리던 사업의 길로 들어섰다. 그들은 내가 김치 사업을 한다고 했을 때, 나보다 먼저 한계를 정했다. 하지만 나는 한계에 부딪힐 때마다 군대에서 배우고 연습한 대로 오늘도 열심히 걸어 나간다.

무섭고 두려운가? 그렇다면 배워라! 나보다 앞선 사람을 시샘의 눈빛으로 부러워하지 말고, '나는 모른다'고 한계 짓지도 말고, 틀리기도 하고 실수하기도 하며 배워라. 모두가 군 생활 동안 배움의 방법을 연습해 보길 바란다.

나도 오늘 세상 속에서 멋지게 나의 칼을 휘두르기 위해 천천히 연습한다.

"머리! 머리!"

노광철

인생의 도피처로 생각한 군대에서 운명처럼 김치를 만나게 되었습니다. 믿을 수 있는 김치를 만들어 보겠다는 꿈을 가지고 제대하였고, 수없이 칼에 베이고 온몸에서 구수한 젓갈 냄새가 날 정도로 매일 연습에 연습을 거듭하여 김치를 만들었습니다. 지금은 '짐치독'의 CEO로 하루에 18톤의 김치를 담그고 일본, 대만, 태국, 미국, 유럽에 김치를 수출하고 있습니다.

김 병장의 '힐링이 필요해' 세 번째 이야기

오지랖의 습격에 대처하는 자세, 자존감 키우기!

이상하게 군대에는 오지랖이 넓으신 분들이 많다. 특히 신병이 오면 그 오지랖 프로세서가 작동하기 시작한다. 성격, 취미, 말투, 식습관, 목소리, 화장실 가는 시간까지 거의 모든 행동에 대해 주변에서 쿡쿡 찔러 대기 시작한다.

물론, 이것이 꼭 나쁜 것만은 아니다. 사회에서는 상대방에 대한 예의 때문에 참았던 말들을, 군대에서는 돌직구로 던져 주기 때문이다. 사회에서는 몰랐던 내 단점과 습관들을 속속들이 알려준다. 다리를 떤다든가, 음식을 소리 내어 먹는다든가 등등. 여기서 몇 가지만 고쳐도 인간이 갱생되어 제대할 수 있다.

문제는 이 오지랖의 특징이 '지적질'에 기반하고 있다는 점이다. 선임이니 뭐라 할 수도 없다. 계속 듣다 보면 '내가 이것밖에 안 되나'라는 자괴감에 빠져들기도 한다. 더 나아가 나만의 장점이나 개성까지 잃을 때도 있다.

민폐가 되는 단점들은 고쳐야겠지만, 나의 정체성이나 나만의 특징들은 잃지 않아야 한다. 이러한 것들은 캡슐로 보호하여 살아서 장(?)까지 가도록 해야 한다. 내 안의 빛을 잃지 않기 위해, 지금 이 자리에 멈춰 서서 다시 생각해야 한다.

너의 시선이 느껴져

왜 우리는 그렇게 주변의 시선과 말을 의식하는 것일까? 두세 살은 어린 선임이 "나이를 어디로 다 드셨나……" 같은 소리를 늘어놓아도 이성적으로 쉽게 무시할 수가 없다. 때로는 그런 말들이 욱! 하는 분노를 넘어 마음의 상처가 되고는 한다.

'내가 나약한가?'라고 자책할 필요는 없다. 사실 시선은 매우 강력한 권력이다. 항상 감시받는 느낌만큼 괴로운 것도 없다. 관심 대상으로 분류되어 온갖 집중을 받는 것도 모자라 '무시'만 당하고 '인정'은 받지 못한다면, 그것보다 슬픈 상황은 없다.

신병 초기에 힘든 것은 업무가 힘든 탓도 물론 있지만, 털어놓고 기댈 사람이 없다는 것이 더 큰 이유다. 주변이 온통 시선이기 때문이다.

> 타인의 시선 앞에서 얼어붙은 듯 꼼짝 못 하게 된다는 것은 타인과 나 사이에 지배관계가 형성되어 있다는 것을 의미한다. 시선은 권력의 관계이다. 타인이 우리에게 권력을 행사하고 우리를 수치스럽게 만드는 것은 모두 시선을 통해서이다.
>
> _박정자, 《시선은 권력이다》 中

불난 집에 물 끼얹는 법

가장 중요한 방법은 스스로 보호필름을 붙이거나 필터링 기능을 추가하는 것이다. 이러한 '오지랖의 습격'이 신병 때는 상처로 다가오지만, 계급이 올라갈수록 짜증을 유발한다. 쉽게 말해 '화'의 원인이 되는 것이다. 그뿐이겠는가. 이번 고비가 지나면 다음 고비가 오는 나날들 속에 '화'는 이미 우리와 죽마고우, 지기지우, 자웅동체(?)가 되어 버렸다.

그 유명한 네로 황제의 스승이었던 세네카는 '화'에 대하여 고찰하였다. 화의 원인은 염장꾸러기 선임이나 허술한 식당 메뉴가 아니라 자기 자신에게 있다는 것이다.

또한 아무리 부당하다 하더라도 '화'를 내는 순간 그 감정은 더욱 커지며, 결국은 내 손해가 된다. 무조건 '참자'라는 말이 아니다. 감정을 앞세우는 대신 이성적으로 생각하자는 것이다.

> 화의 원인은 우리가 부당한 대우를 받았다는 믿음이다. 하지만 우리는 이를 쉽게 믿어 버려서는 안 된다. 아무리 명백하고 확실해 보이는 것도 그 자리에서 바로 승인을 해서는 안 된다. 더러는 거짓이 진실처럼 보이는 경우도 있기 때문이다. 판단에 앞서 반드시 시간을 가져야 한다. 시간이 흐르면 진실은 자명해진다.
>
> _루키우스 안나이우스 세네카, 《화에 대하여》 中

목적지를 늘 잊지 말자

가장 확실한 정답은 나에 대한 확신을 갖는 것이다. 지금 내가 카레를 했는데 밥이 없는 것처럼 황당하고 슬픈 상황에 놓였다 해도, 나를 지킬 수 있는 존재는 나밖에 없다.

카뮈의 《이방인》에 등장하는 뫼르소는 거짓말을 하지 못해서 사형 선고를 받는다. 쉬운 길을 택하지 않고 불편한 길을 택했기에 죽음까지 맞이한다. 하지만 그는 마지막 순간에도 그 누구보다 자기 자신에 대해서 확신과 진실한 믿음이 있었다.

> 나는 보기에는 맨주먹 같을지 모르나, 나에게는 확신이 있어. 나 자신에 대한, 모든 것에 대한 확신. 그보다 더한 확신이 있어. 나의 인생과, 닥쳐올 이 죽음에 대한 확신이 있어.
>
> _알베르 카뮈, 《이방인》 中

지금은 길을 몰라 묻고 다녀도 좋고, 길을 잃어 헤매도 좋다. 다만 목적지는 늘 잊지 않아야 한다. 꿈, 가족, 연인 등 각자의 목적지 말이다. 그러한 확신만 있다면, 오늘 하루 조금이라도 웃으면서 지낼 수 있지 않을까?

내려놓을 건 내려놓자

미래는 불투명하고, 좋았던 일들은 전부 흘러가 버린 과거일 뿐. 지루하기보다는 외롭고 무섭고 서글퍼지는 기분. 세상을 살다 보면 누구나 느끼는 감정이다. 그럴 때는 혼자서 끙끙 앓는다든가, 주변의 의견만 듣고 과장해서 생각하지 않으면 좋겠다. 지금 온 신경을 다 쓰는 고민거리도 결국은 삶의 수많은 페이지 중 어느 한 페이지에 불과하기 때문이다. 다만, 지금은 '군대'에 있기에 조금 더 심각하게 느껴질 뿐이다.

무겁게 혼자 다 들고 있지 말고, 내려놓을 건 내려놓자. 그리고 주변에서 누군가 힘들어하면 도와주자. 혼자 식당에서 밥 먹는 사람을 보면, 옆에 가서 이야기도 나누고 밥이라도 떠먹여 주며 말이다.

❖ **'자존감'과 관련된 추천 도서**

《시선은 권력이다》, 박정자, 기파랑, 2008.
《화에 대하여》, 루키우스 안나이우스 세네카, 사이, 2013.
《이방인》, 알베르 카뮈, 민음사, 2011.
《시지프 신화》, 알베르 카뮈, 책세상, 1998.
《수레바퀴 아래서》, 헤르만 헤세, 민음사, 2001.
《니코마코스 윤리학》, 아리스토텔레스, 숲, 2013.

4장

내 청춘에 충성을!

추억의 뽀글이

불량식품이 유행한 적이 있다. 오랫동안 잊었던 추억의 옛 과자들을 다시 만났을 때의 기분이란! 포장도 조잡하고 내용물은 더더욱 한심할 수밖에 없는 불량식품이 다시 사랑을 받은 것은, 그것들이 우리 추억의 일부를 구성했기 때문이 아니었을까.

나 또한 추억의 불량식품이 상품화되어 등장했을 때 호기심으로 사 먹곤 했다. 오래가지는 못했다. 추억은 추억으로 놔두어야 했다. 왜냐하면 추억으로 남겨 두지 않았던 사실들, 그러니까 별로 맛은 없다는 사실을 새삼 깨달았으니 말이다.

전역한 뒤에도 그런 미망에 사로잡힌 적이 있다. 어느 날 나는 군 시절에 즐겨 먹던 '뽀글이'가 그리웠다. 한심하다는 다른 이들의 시선을 무시한 채, 아니 외려 뽀글이의 환상적인 맛을 알지 못하는 그들을 측은해하며 뽀글이를 만들어 먹었다.

뽀글이가 뭐냐고? 봉지 라면을 컵라면처럼 먹는 것이라고 생각하면 된다. 나는 곧 후회했다. 역시 뽀글이는 군복을 입고 먹어야 제격인 게다.

내가 군 생활을 할 때는 아무나 뽀글이를 먹을 수 없었다. 서열을 따지고 계급을 따졌기 때문이다. 후임병들은 고참이 풍기는 라면 냄새에 만족해야 했다. 하지만 군대라고 그렇게 팍팍하지만은 않다. 누구의 눈치도 보지 않고 아무나 뽀글이를 먹을 수 있는 시간이 있었다. 야간 근무를 마치고 난 뒤였다. 경계 근무였든 내무반 불침번 근무였든, 근무가 끝난 뒤에는 막 배치받아 화장실도 못 찾는 이등병조차 떳떳이 뽀글이를 먹을 수 있었다.

어느 날 후임병 한 녀석이 내게 부탁했다. 녀석은 열흘에 한 번쯤 돌아오는, 자다가 중간에 깰 일이 없는 비번이었다. 그런 날은 그냥 자두는 것이 좋으련만, 녀석은 뽀글이를 먹지 못하면 탈영이라도 할 것 같은 비장한 표정으로 새벽에 깨워 달라고 했다. 새벽 1시부터 2시까지 불침번 근무였던 나는 그러겠노라 했고,

약속한 대로 2시에 그를 깨웠다. 녀석은 벌떡 일어나더니 잠깐 동안 화가 난 듯했다. 비번인데 왜 깨웠느냐고 항의라도 할 것 같았다. 그러다 뽀글이가 떠올랐는지 배시시 웃었다.

뽀글이고 뭐고 다 귀찮았던 나는 업무를 인계한 뒤 내 침낭 속으로 쏙 들어갔다. 녀석은 소리 나지 않게 조심스레 라면 봉지를 뜯었고, 수프를 쏟아 넣은 뒤 정수기에서 뜨거운 물을 받았다. 빵빵해진 라면 봉지를 고이 모셔 놓고 면발이 퉁퉁 불기를 기다리는 동안 녀석은 얼마나 몸이 달았을까. 녀석의 침 삼키는 소리가 들리는 듯했다.

잠이 설핏 들었을 무렵, 비명이 들렸다. 벌떡 일어났더니 내무반 한가운데 녀석이 장승처럼 서 있는 게 아닌가. 녀석은 빈 라면 봉지를 쥐고 망연자실한 채 서 있었다.

안 봐도 뻔했다. 라면 봉지도 천차만별이어서 어떤 것은 여러 번 뽀글이를 해 먹어도 좋을 만큼 튼튼했지만, 어떤 것은 뜨거운 물에 접착 성분이 녹아 저절로 뜯어지기도 했다. 녀석의 라면은 후자에 속했다. 한 가닥 먹어 보지도 못한 채 녀석은 라면 한 봉지를 고스란히 내무반 바닥에 쏟아 버렸던 것이다.

나는 녀석이 콧물을 들이마시며 내무반 바닥을 청소하는 소리를 들어야 했다. 이따금 사내들도 그런 일로 울기도 한다. 라면 국물과 면발을 쓸어 담으며 얼마나 마음이 아팠을까. 녀석의 입 속으로 들어가 아무리 먹어도 늘 배가 고픈 위장을 든든히 채웠어야 할 저것들이 쓸모없이 내무반 바닥에 널브러져 있다니.

녀석은 불침번의 잔소리를 들어가며, 제대로 청소가 되었는지 확인까지 받은 뒤에야 자신의 침낭에 들어갈 수 있었다. 녀석은

한동안 잠을 이루지 못하는 듯했다. 훌쩍이는 소리가 오랫동안 그치지 않았으니깐.

시간이 흐른 뒤 녀석이나 나나 눈치 보지 않고 뽀글이를 먹게 되었을 때, 우리는 이 사건을 유쾌하게 추억할 수 있었다. 한번 지나간 일은 추억이 된다. 추억이란 묘한 것이어서 당시에는 서글펐던 일마저 아름다웠던 그 무엇으로 윤색된다. 그렇게 윤색한 대가로 우리는 다시 그 시절로 돌아갈 수 없다.

뽀글이 역시 훗날 누구나 그리워하게 되지만 누구도 되찾을 수 없는, 흔하지만 특별하고 사소하지만 소중한 특권이라는 것을 그때도 알았더라면, 하고 아쉬워할 수 있을 뿐.

손홍규

사투리를 살린 구수한 입담을 자랑하는 소설가입니다. 2001년 등단 후 첫 소설집 《사람의 신화》를 쓴 것을 시작으로 《봉섭이 가라사대》 《톰은 톰과 잤다》, 장편소설 《귀신의 시대》 《이슬람 정육점》 등을 펴냈습니다. 평생 진료 한 번 받지 못하고 죽어 가는 사람들을 위해 헌신한 故 장기려 박사를 그린 소설 《청년의사 장기려》도 지었습니다.

차고 매끄럽고 고요한 연병장

새벽에 보초 서러 나가는 길에 서릿발이 곤두서 있는 것을 보게 되는 이맘때, 내무반에서는 지난겨울의 이야기로 꽃을 피우는가 하면 안타까움에 소리치기도 하고 유쾌한 웃음보따리가 터지기도 했다. 그 이야기는 혹한기 훈련의 고생담도, 병영 생활의 힘든 과정들에 대한 것도 아니었다. 겨울을 지내지 않은 신병들이 긴장한 채 듣기만 해야 했던 이야기는 다름 아닌 스케이트에 대한 것이었다.

군인들이라고 해서 줄곧 훈련만 하겠는가. 그렇지 않다. 물론 스케이트를 타는 것조차 체력 훈련의 일종이긴 했지만 우리로서는 놀이에 가까웠으며 즐기면서 하는 훈련이었던 셈이다. 내가 근무했던 곳은 한탄강 강변이었다. 부대의 울타리 한쪽이 한탄강의 수직 절벽이었으니 강에 붙어 있는 것이나 매한가지였다. 그 때문에 강과는 떼려야 뗄 수 없는 관계였으며 겨울이 되어 강이 꽁꽁 얼어붙으면 강은 또 하나의 연병장이 되곤 했다.

유리알처럼 매끄럽게 얼어붙은 강 위에서는 해마다 중대 혹은 대대 대항 스케이트 대회가 열렸다. 초등학교 때부터 스케이트를 탔던 나는 언제나 선수로 참가했다. 그러나 성적은 신통치 않아서 겨우 꼴찌를 면하는 정도에 그치곤 했다. 강 위에 큰 천막을 쳐놓고 드럼통을 잘라 만든 장작 난로에 언 몸을 녹여 가며 선수들을 응원하던 그 모습을 생각하니 지금도 흐뭇한 미소가 떠나질 않는다.

그런가 하면 신병 시절에 강은 나에게 큰 두려움을 주기도 했다. 한겨울이 지나고 이윽고 찾아온 봄, 새벽에 근무를 나갔을 때였다. 근무를 서다가 화들짝 놀라고 말았다. 괴이한 울음소리 같은 것이 칠흑 같은 어둠 속에서 들려왔기 때문이다. 뭐라고 표현하기도 애매한, 웅숭깊은 울림을 머금은 그 소리의 정체를 몰라 두려웠다. 그러나 겁쟁이라고 놀림당하기 싫어 물어보지도 못한 채 다음 날도 초소에서 머리가 곤두서는 두려운 시간을 보내야 했다.

알고 보니 그것은 얼음이 녹으며 갈라지는 소리였다. '쩌렁쩌렁'이라는 표현만으로는 다 설명할 수 없는 그 소리를 한밤중에 듣는 것이 당시로서는 더할 수 없는 두려움이었다. 하지만 나중에 생각하니 그만한 호사를 혼자 누릴 수 있었던 것이 더없이 고마운 일이기도 했다. 사회생활을 시작하고 보니 그렇게 고요한 새벽에 강에 나갈 일도 없을뿐더러, 그 시기를 맞춘다는 것은 더더욱 어려운 일이었다.

그러나 강이 나의 군대 생활에 있어 언제나 그렇게 좋았던 것만은 아니었다. 나의 보직은 침구류나 피복류를 관리하는 2·4종계였다. 늘 사무실에서 빈둥거리기만 하는 것으로 비치기 일쑤였지만 겨울이 가고 봄이 오면 나는 분주하기 이를 데 없었다.

겨우내 지급되었던 '야전 잠바'라고 부르는 겉옷이 반납되기 때문이었다. 문제는 반납된 옷의 상태가 양호하지 않다는 것이었다. 특히 소매나 목 칼라 쪽은 마치 구두약을 발라 광을 내놓은 것처럼 반질거리는 것이 반 이상은 되었다.

리어카에 그 옷을 싣고 내가 찾아간 곳은 강가였다. 봄이라고

지금까지 단 한 번도
나의 군대 생활에 대해 허풍을 치지 않았으며
부끄러워하지도 않았다.
어느 사회인들 그렇지 않을까마는
군대라는 곳만큼 제각기 맡은 일을
성실히 해내야 하는 곳이 없기 때문일 것이다.

는 하지만 강물은 차갑기만 했다. 차디찬 강물은 금세 두 손을 꽁꽁 얼려 버렸다. 구둣솔에 비누를 묻혀 그 많던 빨래를 다 해서 널어놓고 마를 때까지 강가를 서성이면 때로 한심한 생각이 들기도 했다. 하지만 이내 생각을 고쳐먹었다.

그리고 지금까지 군대 이야기라면 허세를 부리기 일쑤인 술자리에서도 단 한 번도 나의 군대 생활에 대해 허풍을 치지 않았으며 부끄러워하지도 않았다. 어느 사회인들 그렇지 않을까마는 군대라는 곳만큼 제각기 맡은 일을 성실히 해내야 하는 곳이 없기 때문일 것이다.

이지누

우리 문화를 섬세하게 톺아보는 관찰자이자 기록자입니다. 길 위에서 만나는 풍경과 사람들을 담박한 사진과 깊은 사유가 담긴 글로 되새기는 작업을 해오고 있습니다. 1991년 경의선 복원을 주장하며 작업한 사진집 《분단 풍경》을 시작으로 산문집인 《우연히 만나 새로 사귄 풍경》 《관독일기 잠명편》 《뭐라, 내한테서 찔레꽃 냄새가 난다꼬》 《나와 같다고 옳고, 다르면 그른 것인가》 등의 책을 냈습니다.

구타 유발죄

나는 동부전선 최전방 12사단 을지부대에서 군 생활을 했다. 처음 훈련병 시절을 마치고 자대에 갔는데, 고참들이 나를 완전 예뻐했다. 웃기게 생긴 얼굴에다 '후레쉬맨' 노래를 하며 칙칙한 내무실에 웃음꽃을 피웠기 때문이다.

그것도 잠시, 우리 내무실에는 일명 '악마'라고 불리는 선임병이 있었다. 내 목소리와 흐느적거리는 행동, '충성'을 외칠 때의 손의 각도, 관물대 전투복 놓는 위치 등에 일일이 딴죽을 걸며 나를 괴롭히기 시작했다. 평생 먹을 욕은 그때 다 먹은 것 같다. 욕 먹으면 오래 산다고 하는데, 그게 진짜라면 2백 살은 살 수 있지 않을까 싶다.

드디어 일병이 되었다. 힘들었던 이등병 시절이 지나가고 후임병도 생겼다. '고생 끝 행복 시작'이라고 생각하던 찰나, 화장실 청소를 하다가 사건이 터지고 말았다. 당시 우리 중대에서는 화장실 청소를 할 때 일병까지는 고무장갑을 낀 채 맨손으로 해야 했다. 상병 6개월이 되어야 빗자루와 솔을 사용할 수 있었다.

그런데 나는 이제 날아가는 새도 전투화로 맞춰 떨어뜨린다는 일병! 너무 들뜬 나머지 하지 말아야 할 짓을 하고 말았다. 바로! 솔을 이용하여 화장실 청소를 하기 시작한 것이다. 고참이 언제 올지 모르니, 최대한 빠른 시간 안에 해결해야 했다. LTE 속도로 마지막 칸 변기를 닦고 있을 때였다.

하필 악마 고참이 화장실에 걸레를 빨러 왔다가 그 모습을 본 것이다! 악마 고참은 욕을 퍼부으며, LTE 속도로 화장실 문을 잠그고 나를 구타하기 시작했다. 나도 화가 난 나머지 "악마야! 그만해!"를 외치며 중대장실로 뛰어가 사실을 이야기했고, 사건은 그렇게 일단락되는 듯했다.

그런데 다음 날 행정반에서 나와 그 고참을 부르는 방송이 나왔다. 그날 우리 두 사람은 영창에 갔다. 나는 4박 5일, 고참은 3

박 4일.

내 죄가 더 컸던 모양이다. 나의 죄목은 '구타 유발죄'였다. 지금 생각하면 개그 소재이지만 그때는 억울해서 눈물이 났다. 입창 전까지도 내 죄가 뭔지 몰랐지만, 막상 눈앞에 쇠창살이 있는 것을 보니 내가 죄인이라는 실감이 났다.

하필 그날 신병교육대에서 영창 견학을 왔다. 나는 고개를 푹 숙인 채 수치심이 무엇인지를 느껴야 했다. 그곳에서 수양록을 쓰는데 부모님이 떠올랐다. 죄송스러운 마음도 들고, 한편으로는 군대 조직에 대한 원망도 컸다.

어쨌거나 나는 영창에서 주는 밥이 너무 맛있었다. 많은 인원을 상대하는 부대 밥보다는 소수 인원을 상대하는 영창 밥이 질이 좋았던 것이다. 등 뒤 벽에는 조그마한 창문이 있었는데 창문 사이로 비치는 햇빛을 보며, 나는 앞으로의 인생을 설계하고 다짐했다. 희망의 햇살이 그것이라고 생각했다. 예전에 이 이야기를 라디오를 통해서 한 적이 있는데, 그날 인터넷 실시간 검색어에 '김경진 영창'이 떴었다. 여성들은 내가 범죄자인 줄 안다.

영창에 갔다 온 후 나는 원래 있던 부대에 복귀했고, 나를 괴롭혔던 악마 고참은 다른 부대로 전출을 가게 되었다. 내무실로 들어가니 고참들이 아무도 나에게 말을 걸지 않았다. 나에게는 자유가 왔지만, 마음은 늘 불편했다. 그러던 중 다른 부대원이 우리 부대로 전입 오는 부대 개편이 이루어졌다. 같이 생활하는 사람들이 전부 바뀐 것이다.

나는 이것을 신이 주신 기회라 여기고, 중대 장기자랑에 나가서 1등을 했다. 그렇게 받은 포상휴가를 후임병에게 주었는데, 그것은 큰 사건이었다. 내가 있던 부대는 GOP 후방에 주둔한 페바(FEBA) 부대로 GOP 부대가 하지 않는 훈련까지 2배로 받아야 하는 산악 부대였고, 포상휴가를 받는 일이 아주 드물었기 때문이다.

그 후로 나는 교회 성가대회, 연대 체육대회, 각종 장기자랑 대회에 나가서 포상휴가를 마구 얻었다. 제대하기 전까지 열아홉 장의 포상휴가를 따서 그중 열여덟 장을 후임병들에게 나눠 주었다.

병장 때는 이런 일도 있었다. 동계 훈련을 갔는데, 우리 분대원 중 막내가 전투화 연화 작업을 하지 않아 발에 물집이 잡혔다. 그 안에 피가 고여 더 이상 행군이 불가능한 상황이었다. 나는 미지근한 물을 세숫대야에 받아 그 친구 발을 닦아 주었다. 그때 말았던 고기 썩는 것 같은 발 냄새는 아직도 생생하다.

제대하기 전날 회식을 했는데, 그 친구가 이 이야기를 하며 눈물을 흘렸다. 삭막한 군 생활에서 눈물 흘리며 고맙다고 말해 주는 이가 한 사람이라도 있었다면 정말 성공적인 군 생활을 했다고 할 만하지 않은가?

영창에 있는 장병들이 볼 수도 있기에 노파심에 한마디를 덧붙인다. 영창 간 게 벼슬도 아니고, 가라고 장려하는 것은 더더욱 아니다. 만약 영창에 갔다고 군 생활이 꼬였다며 포기하려 하는 친구들이 있다면, 자식 걱정하시는 부모님을 생각해서라도 자신을 재충전할 수 있는 기간이라고 긍정적으로 생각하기 바란다. 그 기간만큼 군 생활을 더 한다는 게 흠이긴 하지만.

참고로 나는 군 생활을 5일만 더 하면 됐는데 인사계원이 잘못 계산하여 6일 더 했다. 인사계원은 똑똑한 사람이 해야 한다.

김경진

2007년 MBC 16기 공채 개그맨으로 데뷔했습니다. 〈무한도전〉의 '돌+아이 콘테스트'에 출전해 얼굴을 알렸고, 2009년 MBC 연예대상 신인상을 거머쥔 주인공이기도 합니다. 각종 사극에서 거지 연기를 하며 '국민 거지'로 우뚝 섰고, 〈개구쟁이 스머프〉의 더빙을 맡는 등 만능 엔터테이너로서 활동 영역을 확장해 나가고 있습니다.

거친 챔피언,
한 뼘 더 성장하다

지금껏 간직하고 있는 사진이 하나 있습니다. 복싱 경기에서 미군을 이기고 찍은 사진입니다. 우리 부대에 예닐곱 명의 미군이 방문한 적이 있었는데, 그쪽 장교가 "이 장병이 미국에서 복싱하던 사람이다" 하고 자랑했나 봅니다. 저도 복싱하던 사람 아닙니까. 우리 중대장이 "우리도 있는데" 하며 맞섰다가 시합을 하게 되었습니다.

저는 오래되어 솜이 별로 들어 있지 않은 글러브를 골랐습니다. 솜이 별로 없으니 주먹이 얼마나 매웠겠습니까. 제 승리였죠. 얼굴을 맞고 뒤로 벌러덩 넘어진 미군은 앞니가 쏙 빠진 채로 일어났습니다. 부실한 글러브 탓에 저도 아팠지만 승리의 기쁨에 비할 수 있었겠습니까. 사기가 오른 부대 분위기도 끝내줬습니다.

하지만 당시 군 생활은 복싱처럼 한 방에 승부를 낼 만큼 만만하지 않았습니다. 저는 중학교 때 복싱도 했고, 집안이 망하고 나서는 가족 모두 뿔뿔이 흩어져 사느라 구두를 닦으며 연명했습니다. 그러다 스무 살에 야간 고등학교에 입학해서 3학년이던 1976년에 입대했으니 마냥 세상모르는 도련님은 아니었습니다. 그런데도 무섭고, 위기감에 떨었습니다.

배치받은 곳은 최전방이었던 1사단 수색대. 그때는 비무장 지대에 북한군과 국군이 오갔을 만큼 군사적 긴장감이 팽팽했습니다. 수색을 다니는 좁다란 길 외에는 전부 지뢰밭이었습니다. 수색대는 남·북한을 나누는 분계선을 300미터 앞둔 곳에서 무장 잠복했습니다.

배치 후 한 달을 채워 가던 어느 날, 텔레비전을 틀었더니 미군이 공동경비구역에서 미루나무 가지치기 작업을 하다가 북한군의 도끼에 맞아 죽었다는 뉴스가 나왔습니다. 그리고 이틀 후, 갑자기 본대 복귀 명령이 내려졌습니다. 가보니까 잔칫상이 벌어져 있는 것이 아닙니까. 신 나게 다 먹고 나니 주머니에 있는 것을 다 꺼내 놓으라고 했습니다. 그러고는 연병장에서 무기를 내주었습니다.

우리는 무기를 차고 트럭 일곱 대에 나눠 탄 뒤 공동경비구역으로 갔습니다. 그제야 상관이 말했습니다.

"지금 미루나무 자르러 들어간다. 걱정하지 마라. 폭격기는 물론 모든 포가 판문점을 겨누고 있다."

공포에 질린 상태로 배꼽까지 빠지는 늪으로 들어가서 잠복했습니다. 미군이 전기톱으로 왱왱 하고 나무를 자르더니 이내 '쿵!' 하고 나무 넘어가는 소리가 들렸습니다.

한번은 혼자서 작업하는 중에 풀숲에서 바스락하는 소리가 났습니다. 무섭다고 다른 이를 찾거나, 바람 소리려니 무시할 수도 있었습니다.

사실 입대 전까지는 나라를 지키는 일에 나서 본 적이 거의 없었습니다. 오히려 구두닦이 생활을 하며 폭력배와도 어울려 봤고, 돈을 훔칠까도 고민했습니다. 정말 도둑질하려고 나섰다가 웬 고양이가 집에서 튀어나오는 바람에 되돌아 온 일이 있을 정도였습니다.

하지만 군 생활을 하며 동료와 함께 작전에 투입되어 나라를 지키는 동안 저에게 국가관이란 것이 싹텄습니다. 그래서 용기를 내어 혼자 무기를 들고 한참을 경계 태세로 있었습니다. 다행히 별일 아니었지만, 그날은 흐트러짐 없이 자리를 지켰습니다.

그렇게 제대 후 복학했는데 세상은 여전했습니다. 저는 한 달에 천 원씩 받으며 구두를 닦았고, 여전히 배가 고팠습니다. 하지만 숱한 작전도 견뎌 낸 나를 떠올리면 못 할 일이 없었습니다. 국가관 위에 경찰관이라는 꿈도 생겼으니 나쁜 일에 대한 유혹도 없어졌습니다.

그렇게 견딘 덕분에 32년간 현장을 날아다니며 700여 명의 범죄자를 검거하는 모범 형사가 될 수 있었던 것입니다. 이제 은퇴하고 새 인생을 시작했지만, 이번 도전도 두렵지 않습니다.

신동선

전 복서 출신 형사입니다. 한번 물면 끝까지 쫓아 일망타진해서 '반달곰 형사'로 불리었으며, 표창도 107번이나 받았습니다. 어려운 청소년에게 복싱을 가르치고, 이웃의 수술비를 대는 등의 선행도 수십 년간 이어오고 있습니다. 현재 오산대학교 경찰행정학과 겸임교수로 재직 중이며 지상파 3사는 물론 종합편성채널의 예능 프로그램에서 종횡무진 활약하고 있습니다.

지옥에서 온 발 냄새

예비군 6년차가 된 지금 돌이켜 보건대, 군대에 있을 때 가장 잘 씻고, 청소를 열심히 하지 않았나 싶다. 영하 20도의 혹한에서도 아침 구보를 하고 나면 부리나케 세면장으로 뛰어갔다. 일과를 마치고는 매일 샤워를 했다. 우리 부대는 최전방에 위치한 GOP 사단보다는 양호한 편이었지만 그래도 늘 물이 부족했다. 하지만 그 와중에도 병사들의 씻고자 하는 의지는 대단했다. 지금 같으면 '그냥 내일 씻지 뭐' 할 텐데 말이다.

생활관 역시 아침 식사 후, 점심 식사 전, 저녁 식사 전에 청소를 한다. 또 점호를 취하기 전에는 세상에서 가장 깨끗하게 청소를 한다. 건장한 병사 20~30명이 열댓 평 남짓한 조그만 생활관을 하루에 네 번, 죽기 살기로 청소하는 것이다. 그러다 보니 침상에는 그 흔한 머리카락 한 올 없었다. 고로 군인들이 더럽다는 생각은 정말 잘못된 편견이다. 하지만 아무리 깨끗한 척해도 감출 수 없는 게 있다. 그것은 바로 냄새다.

아무리 씻어도 전투화에서 나는 냄새는 도저히 어찌할 수 없었다. 군인들은 아침 6시 기상과 동시에 전투화를 신고 오후 5시까지 생활한다. 사회에서처럼 얌전하게 있으면 별문제가 안 되겠지만, 죽어라 뛰어다니고 구르다 보면 전혀 통풍이 되지 않는 전투화 속의 발 상태는 안 봐도 비디오다.

또한 사회에서처럼 여러 켤레의 신발이 있는 것도 아니다. 대개의 경우 입대할 때 두 켤레를 받아 하나는 휴가나 외박을 위해 고이고이 모셔 두고, 나머지 한 켤레로 1년이고 2년이고 주야장천 신는다.

그래서 군인들이 무좀에 많이 걸리는 것이다. 무좀은 고통과 더불어 지독한 발 냄새도 가져온다. 대개 일·이등병 때 걸려, 전역할 즈음이면 낫는다. 따라서 군인들은 매우 청결하고 깨끗하지만, 특유의 발 냄새는 어쩔 수 없는 것이다. 나 역시 일·이등병 때 무좀에 걸려 고생하다 분대장이 되고서야 철저한 관리를 통해 무좀과 이별을 고할 수 있었다.

그러던 어느 날, 신병이 왔다. 뽀얀 피부에 깔끔한 이미지를 가진 녀석이었다. 일과가 끝나고 저녁 시간까지 30분가량 남은 터라 나는 간단한 내무반 청소 후 환복을 하라고 지시했다. 나의 환복 지시에 소대원들은 너도나도 전투화를 벗고 활동복으로 갈아입었다.

사실 훈련 때마다 복귀 행군을 하고 돌아오면 30여 명의 소대원의 발에서 나는 냄새로 생활관은 생지옥과도 같다. 이에 웬만한 냄새 따위는 군인들에게 별 감흥을 주지 못한다. 그런데…….

'이건 뭐지? 숨을 못 쉬겠어! 이건 냄새가 아니야! 신경가스야, 가스!'

나는 본능적으로 방독면을 찾았다.

"야! 누구 발이야?! 이건 진짜 사람이 아니다! 목숨 걸고 '접니다'라고 해라!"

다들 이리저리 맡아 보고 확인했지만 선뜻 자수하는 녀석이 아무도 없었다. 하지만 시간이 흐를수록 생활관 전체로 퍼져 나가는 이 미칠 듯한 냄새. 이건 꿈이야!

그런데 모두가 냄새에 괴로워하는 와중에도 담담한 녀석이 하나 포착되었다. 바로 내 옆에 조신하게 앉아 있는 신병, 김 이병이었다.

'설마 바로 내 옆자리에서 생활하는 너라니! 너 아니지? 너일 리가 없어!'

나는 이 상병에게 확인해 보라고 지시하였고, 킁킁거리던 이 상병은 곧 격렬한 반응을 보였다.

"야, 빨리 가서 씻고 와! 아니, 오지 마. 그냥 계속 씻어!"

"이병 김××! 죄송합니다!"

"야야, 너 그냥 씻지 말고 바로 적진으로 투입해! 이 정도면 충분해! 전멸이야, 전멸!"

'아직 전역까지 반년이나 남았는데 앞으로 이 냄새를 얼마나 더 맡아야 되는 거지? 하루하루가 화생방 훈련하는 기분이잖아…….'

나는 문득 슬퍼졌다. 김 이병이 씻으러 갔는데도 좀처럼 발 냄새는 가시지 않았다. 오히려 그가 디뎠던 침상 장판이 심각하게 오염되어 가고 있는 것만 같았다.

'뭐야 이거, 장판 색깔이 변한 것 같아!'

나는 가까스로 정신을 차리고는 분대장 관찰일지를 꺼내 조심스럽게 작성하기 시작했다.

※ 전입 신병 특이사항

발 냄새가 소대원의 안전을 위협함. 최고 수준의 관리감독이 필요함.

황현

육군 27사단 이기자부대에서 소총수로 군 복무를 하였습니다. 전역 후 군에서의 즐거운(?) 추억을 기록으로 남기고자 '악랄가츠의 리얼로그(realog.net)'라는 블로그를 개설·운영 중입니다. 블로그에 쓴 군대 이야기가 계기가 되어 육군 블로그 작가, 육군지 객원 기자 등으로 활동하며 군대와 질긴 인연을 이어 가고 있습니다. 《악랄가츠의 군대 이야기》라는 책을 썼습니다.

중매쟁이 소대장

국방 관련 방송에서 사회 저명인사를 초청하여 군대 시절 이야기를 부탁하면, 의외로 군대에 안 갔던 사람이 많아 당황하는 경우가 종종 있다고 들었다. 인사 청문회를 할 때도 고르고 고른 인사 중에 군 복무를 하지 않은 사람이 많다는 것을 알게 된다. 그것 때문에 막판에 장관 자리를 놓친 사람들은 가슴을 치며 지금도 후회할 것이다.

군 복무를 요령껏 피한 사람들은 군 복무 기간을 '인생 낭비하는 세월'로 생각한 것 같다. 부끄러운 이야기지만 우리 젊었을 적에는 배경 좋고 집안 좋고 능력 있으면 군대 안 가는 것이 자랑이 되기도 했다. 그러나 군 복무를 했다는 것만으로 내가 이런 글을 당당하게 쓸 수 있다는 것이 자랑스럽다.

ROTC 훈련을 받고 대학을 졸업한 나는 소위 계급장을 달고 광주보병학교에 입소하여 16주간 혹독한 장교 훈련을 받았다. 누구라도 가장 기억에 남는 훈련을 물어보면 '유격 훈련'을 꼽을 것이다. 적진에서 낙오되었다는 가정 아래 살아 돌아오는 훈련 과정이었으니 한마디로 '죽다 살아난 훈련'일 수밖에 없었다. 그런데 그것이 내 인생에서 가장 기억에 남는 추억이 되었다.

유격 훈련이 얼마나 강도 높은 훈련이었는지 일요일마다 중대 대항 축구, 격구 시합에서 우승은 어김없이 유격 훈련을 마치고 돌아온 부대 차지였다. 지옥에서 살아 돌아온 듯 검은 얼굴에 눈에는 살기가 돌았다. 그들의 사기는 하늘을 찌를 듯했다.

사회생활을 하면서 죽고 싶을 만큼 힘들고 고통스러울 때, 유격 훈련을 받던 그 놀라운 정신력으로 위기를 넘겼다는 동기생들의 말에 나도 고개를 끄덕이게 된다. 그때는 견디기 어려웠지만 지나고 보니 그것이 나의 큰 자산이 된 것이다.

훈련을 마치고, 나는 최전방 철책선 소대장이 되었다. 밤에 근무하고 낮에 잠자는 10개월 동안 쌓은 추억의 보물 창고는 시간이 갈수록 소중하게 여겨진다. 고향과 출신 학교가 다르고, 생각도 계급도 다른 40여 명이 같은 내무반에서 어울려 살아 본 것은 그때가 내 인생 처음이자 마지막이다.

그 시절에는 철책선 부대 소대장이 서신 검열을 했다. 평소에는 고향 소식이 궁금할 틈이 없는지, 아니면 피곤한 탓인지 편지를 쓰지 않던 병사들도 둥근 달이 뜰 때면 어김없이 부모·형제나 친구들에게 편지를 썼다. 그런데 애인에게 편지를 쓰는 병사는 거의 없었다.

40여 년 전만 해도 연애결혼보다 중매결혼이 더 많을 정도로 남녀 교제가 쉽지 않았다. 나는 고심 끝에 단체 펜팔을 하기로 하고 우리 소대원 이름, 고향, 취미, 특기, 나이, 장래희망 등을 도표로 만들어 '삼양라면 수프 건조실 반장님'에게 보냈다. 무모하고 엉뚱한 짓을 했다고 후회할 무렵 답장이 왔다. 내가 보낸 형식 그대로 순번과 짝을 정해 보내온 편지는 우리 소대에 환호성을 불러일으켰다.

갑자기 우리 소대는 편지 쓰기 경연장이 되었고, 흑백 사진과 작은 선물이 오가는 진풍경이 벌어졌다. 휴가 때 펜팔하는 여성과 데이트를 즐기고 온 병사도 있었고, 딱지 맞고 애걸하는 편지를 쓰는 병사도 있었다. 우리 소대는 그때부터 이야깃거리가 많아졌고 모두 한통속이 되어 여자 친구 자랑을 해댔다. 글쟁이인 내가 여자 마음을 아는 척하며 편지를 고쳐 주거나 대신 써주기도 했다. 소대장이 중매쟁이인 우리 소대는 재미있는 부대로 평

가받았으며, 내가 예편한 뒤에 누군가 삼양라면 아가씨와 결혼했다는 소문도 들었다.

군 생활은 얼핏 '손실뿐인 세월'처럼 느껴질지 모르지만 가장 확실한 '인생 수업'이자 '위기 극복 수업'이라는 것을 훗날 깨닫게 된다. 대한민국에 태어나 국방의 의무를 다하는 것은 한국에서 당당하게 살아갈 자격을 갖는 것이다. 인생에서 적어도 몇 가지는 떳떳하게 자랑해야 하지 않겠는가. 내가 경험한 것 중에 가장 자랑스러운 한 가지로 나는 반드시 군 복무를 꼽는다.

김홍신

소설가입니다. 1981년 발표한 장편소설 《인간시장》은 한국 역사상 최초의 밀리언셀러를 기록했고, 2007년 발표한 대하 역사소설 《김홍신의 대발해》는 우리 민족의 장엄한 민족사를 복구한 대작으로 평가받습니다. 경실련 상임집행위원 등으로 시민운동을 시작해 제15, 16대 국회의원을 역임하였고, 헌정 사상 최초로 각종 조사에서 8년 연속 1등 국회의원으로 선정되기도 했습니다. 건국대학교 석좌교수를 거쳐 현재는 평화재단 이사와 민주시민정치아카데미 원장으로 재직 중입니다.

미운 놈
카스텔라 하나 더 준다

군대에 들어가면 단것이 당길 것이라고 했다. 입대 3일 전에 영장을 받고 선배에게 들은 말이다. 군대에 대한 기본적인 상식이라고는 달랑 이것만 알고 훈련소에 들어갔다. 그냥 몸으로 부딪치고 익히고 배우는 수밖에 없었다. 시키면 시키는 대로 할 뿐 잔머리를 굴릴 생각조차 하지 못했다. 그도 그럴 것이 군에 대한 상식이 전무후무한데 어떻게 잔머리를 굴릴 틈이 있었겠는가. 오직 하나, 단것이 당길 것이라는 추측만 할 뿐이었다.

줄을 잘못 섰는지 배치받은 자대의 지휘관은 유난히도 훈련을 많이 시켰다. 한 달에 두어 번씩 훈련이 이어졌고 특수부대에서만 받는다는 천리행군도 했다. 그야말로 먹고 자고 훈련받는 고된 나날이었다. 하지만 부대원이 다 같이 고생하니 원래 이런 곳이 군대라고만 생각했고, 그러니 견딜 만했다. 그러나 정말 힘든 일이 서서히 수면 위로 올라오고 있었다. 그것은 바로 '단것'이었다.

흔히들 초코파이를 많이 먹는다고 하는데, 초코파이도 PX가 있거나 하다못해 부대 인근에 상점이 있어야 먹을 수 있다. 게다가 우리 부대는 훈련이 끝나면 정비하고, 정비가 완료되면 다시 훈련을 나갔기 때문에 과자를 사 먹는 일은 사치에 가까웠다. 또 고참들은 과자를 자주 먹게 하면 후임들 버릇 나빠진다며 자기들만 군것질을 했다.

지금 생각해 보면 먹을 것 가지고 치사하게 군 것 같은데, 아무튼 초코파이는커녕 그 흔한 '자유시간'조차 꿈도 꿀 수가 없었다. 이등병이었던 나는 고참들이 먹다 남긴 과자 부스러기를 가끔 얻어먹는 정도에서 만족해야 했다.

낙엽이 떨어지고 찬바람이 불 무렵, 우리 부대는 또다시 군장을 메고 먼 길을 나섰다. 늘 그렇듯 진지 구축하고 텐트 치고 번거로울 만한 일을 미리 이등병으로서 도맡아 했다. 매일 숨 가쁘고 고됐다.

저녁에 점호를 마치고 취침하려고 하는데 행보관이 각 텐트마다 카스텔라를 한 박스씩 돌렸다. 한 박스 안에는 대략 30개 이상의 카스텔라가 들어 있는데 이 정도 양이면 4~5명의 텐트 인원이 끼니를 걸러 가며 먹어도 남을 양이었다. 그러나 반응은 예상 밖이었다. "쳇" 하고 삐죽거리더니 박스를 걷어찼다.

"야, 막내! 너나 먹어."

"네에?"

"그동안 단것도 못 먹었는데 오늘 실컷 먹어 둬."

"네, 감사히 먹겠습니다."

나는 속으로 '이것 봐라. 초코파이도 버릇 나빠진다고 지들끼리만 먹던 고참들이 웬일로 선심을 쓰는 거지?'라고 생각했지만 이내 정신없이 카스텔라를 입에 집어넣기 시작했다.

카스텔라를 먹다가 목이 메면 수통에 든 물을 마시는 식으로 앉은 자리에서 서너 개를 먹어치웠다. 괜히 혼자만 먹는 것이 미안해 고참들을 쳐다봤지만 고참들은 어미가 제 새끼 바라보듯 흐뭇한 표정으로 바라보기만 했다.

"우린 이등병 때 많이 먹어서 질렸어. 너나 실컷 먹으래두."

눈물이 핑 돌았다. '실은 따뜻한 사람들이었구나. 군대라서 어쩔 수 없이 괴롭힌 거지 평생을 함께해도 될 만한 큰 그릇들이었어'라는 생각을 하며 그들을 미워했던 자신을 책망하기까지 했다. 심지어 빈 수통에 물을 채워 주는 고참까지 있었다.

그러나 그때 받았던 감동은 새벽 무렵에는 일말도 남지 않았다. 달기도 단 데다가 방부제투성이인 카스텔라는 오랫동안 단것을 못 먹은 사람에게는 변비약으로 쓰일 정도로 효과가 강력하다. 이것을 아는 사람은 입에도 안 대는데 나는 그것을 반 박스나 먹어치웠던 것이다.

그날 동이 트기 전에만 설사를 여섯 번인가 하고는 거의 녹초가 되어 쓰러져 버렸다. 고참들은 얄밉게도 "신고식"이라고 놀리며 박장대소를 했다. 행보관도 나를 '미련곰탱이' 쳐다보듯 한심스럽게 바라봤다.

심지어 빈혈 증세까지 보이는 바람에 나는 오후 훈련에는 열외당하는 호사를 누릴 수 있었다. 평소에 초코파이를 조금이라도 먹었더라면 이토록 카스텔라에 집착하지 않았을 것이라며 투덜댔지만 이미 늦었다. 나는 더 이상 나올 것이 없음에도 온종일 화장실에 앉아 휴지를 움켜쥐고 한숨을 푹푹 내쉬었다.

그때 이후로 전역하는 그날까지 나는 카스텔라를 쳐다보지도 않았다. 문득 고참의 말이 생각난다.

"미운 놈 카스텔라 하나 더 준다."

군대에서만 통하는 속담이다.

정재호

인터넷에서 '스바르탄'이란 별명으로 알려져 있는 만화가입니다. 다양한 매체에 독특하면서도 사람 냄새 질펀한 만화를 연재했고, 지금은 군대만화인 〈060 특수부대〉와 코믹 형사물인 〈제로 수사대〉를 연재 중입니다. 누워서 아날로그 라디오로 음악 방송 듣는 것을 좋아하며 호탕한 웃음소리가 매력적인 사나이입니다.

저, 특공대 나왔거든요

대한민국 남자들은 조금 친해지면 대뜸 군대 갔다 왔냐고 묻는다. 이런 질문을 하기 전에는 대충 봐서 '○○ 갔다 왔겠군' 하는 나름대로의 견적을 내놓는다. 그러다 예상 밖으로 전혀 의외의 곳을 갔다 왔다고 하면 "어, 정말? 거기 나왔어?"라고 꼭 한 번 더 묻는다.

나는 꼭 이 질문을 다시 받는다. 여기에 "맞는데"라고 하면 다시 한 번 의심의 눈초리와 함께 질문을 받는다.

"진짜?"

맞다. 난 진짜 특공대를 나왔다. 순박해 보이는 외모와 보통 사람보다 조금 작은 키 때문에 의심의 눈초리를 보내는 줄은 알지만, 나는 분명히 육군 특공여단 특공대에서 '빡세게' 2년 2개월을 채우고 제대했다.

내가 특공대에 들어간 사연도 참 기구하다.

나는 음악을 좋아해서 대학에서도 실용음악을 전공했다. 1인 밴드인 올라이즈밴드로 활동하면서 작사, 작곡, 편곡, 프로듀싱까지 다 하는 것도 잘난 척하려는 게 아니고 그만큼 음악의 모든 부분을 좋아하기 때문이다. 그래서 군대도 군악대를 지원해 입대했다.

어느 날 입소대대에서 구보를 인솔하던 사병 한 명이 갑자기 멈춰 서더니 연병장 한쪽 구석을 가리켰다. 그곳에서는 특공대 병사들이 '악' 소리를 지르며 구보를 하고 있었다. 분위기 한번 살벌했다. 그때 사병이 말했다.

"너희는 저기 안 가는 거 진짜 다행으로 생각해라. 저기 가면 죽는다."

그 말에 나는 안도의 한숨을 내쉬었다. 하지만 정작 자대 배치를 받고 나니 나는 특공대가 되어 있었다. 행정병의 실수로 특공대에 가게 된 것이다!

이병, 일병 시절 정말 힘들게 생활하면서
깨달은 것이 하나 있다면
군대는 불평한다고 바뀌지 않는다는 것이다.
자신이 변하기 전에는 변하지 않는 곳이 군대지만,
그 덕분에 참을성과 적응력을 키울 수 있었다.

그 암담한 기분이란 겪어 보지 못한 사람은 모를 것이다. 하지만 인간은 역시 적응의 동물이었다. 특공대 생활이라고 해서 별다를 게 없었다. 하면 할수록 점점 적응이 되었다. 나도 특공대에서 병장이 되었고, 제대를 할 수 있었다.

2008년 나는 〈기다리다 미쳐〉라는 '군화·고무신' 이야기를 다룬 영화에 병장 허욱 역으로 출연했다. 촬영할 때 나는 군 생활을 떠올리면서 연기했다. 대사의 기본적인 틀은 정해져 있었지만 그 영화에서 내 대사의 60~70퍼센트는 모두 애드리브였다. 심지어 연기가 아니라 원래 모습이 아니냐는 질문도 받았다.

행정병의 실수든 뭐든 간에 나는 특공대를 갔다. 이병, 일병 시절 정말 힘들게 생활하면서 깨달은 것이 하나 있다면 군대는 내가 불평한다고 바뀌지 않는다는 것이다. 자신이 변하기 전에는 변하지 않는 곳이 군대지만, 그 덕분에 참을성과 적응력을 키울 수 있었다. 제대 후 방송 생활을 하면서 이만큼 큰 도움이 된 것도 없다.

나는 아직도 지갑 안에 '행정병의 실수' 덕분에 따게 된 낙하산 공수 훈련 수료증을 소중하게 간직하고 다닌다. 군대 이야기가 나올 때마다, 내가 특공대로 제대한 것을 믿지 못하는 사람이 있을 때마다 자랑스럽게 꺼내서 보여 준다. 군대가 아니면 내가 어디서 공수 훈련 수료증을 딸 수 있겠는가. 이 수료증은 내 신분증과 다름없다.

우승민

MBC 〈무릎팍 도사〉에서 진한 부산 사투리와 거침없는 언변으로 인기를 얻었습니다. 영화 〈기다리다 미쳐〉를 통해 연기자로도 데뷔하여 〈술에 대하여〉 〈창피해〉 등의 영화에 출연했고, 《올밴 우승민의 천기누설 기타팍》이라는 책도 썼습니다. 요즘은 KBS 〈대한민국행복발전소〉 '우승민의 깐깐한 시선'을 통해 일반인이 잘 모르는 근로자의 권리를 널리 알리고 있습니다.

타임머신을 타면 군대로 가겠다

타임머신을 타고 과거로 갈 수 있다면 누구나 가보고 싶은 시점이 있게 마련이다. 누가 나에게 그때를 묻는다면 단연 군 복무 기간을 꼽을 것이다. 힘든 일도 많았지만 즐거움과 보람도 만만치 않았다.

나는 어려서부터 어머니가 밤마다 동네 사람들을 모아 놓고 등잔불 밑에서 이야기책을 읽어 주는 것을 보며 자랐다. 그래서 자연스럽게 독서 습관이 생겨, 밥 먹는 시간과 잠자는 시간을 빼고는 책을 읽었다. 한국전쟁 당시 피란 가면서도 가방 가득 책을 넣어 갔을 정도였다. 그렇게 해서 지금까지 읽은 책이 1만 8천여

권이 된다.

1960년에 4·19 혁명이 터지는 바람에 나는 뒤늦게 입대를 했다. 고된 훈련 속에서도 틈만 나면 책을 읽고 글을 썼다. 그런 나를 보고 선임병들이 편지를 써달라고 줄을 섰다. 부모님에게 보내는 편지도 있었지만 대부분 연애편지였다. 그때만 해도 한글을 읽을 줄 모르는 군인이 많았다. 나는 영화와 소설의 재미있는 스토리나 명시를 넣어 편지를 써주곤 했다.

그리고 답장이 오면 소리를 내어 읽어 달라는 부탁을 받았다. 극단 '제작극회'에서 연극을 했던 터라 소설 낭독하듯 실감 나게 읽어 주면 다들 내 목소리에 웃고 울었다. 텔레비전이 없던 시절이라 나의 모노드라마는 인기몰이를 하여 나는 일약 훈련소의 명물로 소문이 나 버렸다. 수시로 여기저기 불려 가서 편지를 써주고 낭독하는 전담 병사가 된 것이다. 이렇게 해서 써준 편지가 2~3백 통이 넘는다.

이것을 모아 펴낸 책이 《사랑의 편지》다. 처음으로 글을 써서 돈이 생기자 그 돈으로 대대 장병 모두와 함께 매점에서 빵, 과자 등을 사다가 회식을 했다. 덕분에 선행 병사로 연대장에게 표창을 받기도 했다. 결국 군대와의 인연으로 나는 약관의 나이에 작가가 되었고, 그 여세로 지금까지 여러 권의 저서를 펴내면서 방송작가 겸 연사로 활동하고 있다.

사실 내가 군대에서 '편지 전담 병사'가 된 것은 건강이 워낙 좋지 않아 훈련조차 나가지 못하고 내무반을 지키고 있었기 때문이다. 그러면서도 나름 의미 있는 시간을 만들고자 노력하면서 훈련소 시절을 버텼는데, 자대 배치를 받자마자 건강이 심하게 악화되었다. 결국 경주에 있는 18육군병원으로 후송되었다.

대부분이 결핵 환자들이었고 거의 매일 한두 명씩 죽어 나가 나도 언제 죽을지 모르는 상황이었다. 그러던 어느 날 병실에 있는 스피커를 통해 안내방송이 들려왔다.

"오늘 10시에 교회에서 특별부흥회가 열립니다. 많이 참석하여 은혜를 받길 바랍니다."

이 말을 듣자 숨이 가빠지고 전율이 느껴졌다. 5월 26일, 그날은 바로 나의 생일이었다. 하나님이 특별한 메시지를 줄 것이라는 생각이 들었다.

나는 그때까지 한 번도 교회에 가본 일이 없었지만 옆자리에 누워 있는 친구와도 은혜를 나눠야겠다는 생각에 싫다는 친구를 억지로 끌고 교회로 갔다. 그런데 신 나고 재미있기는커녕 힘들고 괴로웠다. 24시간 절대 안정을 취해야 하는 환자들에게는 앉았다 일어섰다 하는 것도 중노동이었던 것이다.

예배가 끝나자 겨우 이제 살았다 싶었는데 웬걸 갑자기 백지를 한 장씩 나눠 주며 헌금 액수를 써내라고 했다. 교회에 가면 헌금이란 것을 내야 하는 줄도 몰랐던 것이다. 당시 군인 월급이 130원이었는데, 짜장면 한 그릇 값이었다.

모두 기부하고 싶었지만, 그렇게 하면 유일한 낙인 짜장면을 먹지 못한다는 생각에 아찔해졌다. 나는 궁여지책으로 종이에 이렇게 써서 헌금함에 넣었다.

'백만 원 헌금하겠음, 홍길동.'

내 이름을 쓰면 병실로 받으러 올까 봐 차마 실명은 쓰지 못했다. 같이 갔던 친구는 을지문덕이라고 적어 넣었다.

얼마 못 가 죽을 거라고 했던 모두의 예상을 뒤로하고, 나는 하루가 다르게 건강해졌다. 방송, 강연, 집필로 1년 365일 쉬지 않고 일을 한 지 10여 년이 지난 어느 날, 문득 그 시절에 예수님과 했던 약속이 생각났다. 내가 예수님을 믿는 것은 아니지만, 약속은 약속이었다. 무거운 마음으로 예수님이 왜 이 세상에 오셨을까 생각해 보니 어렵고 힘든 사람을 위해서라는 결론이 나왔다.

나와 가까운 강사 중에 시간만 있으면 교도소를 찾아가 봉사를 하는 이가 있다. 나는 100만 원을 그에게 쥐여 주었다. "내가 하나님에게 빚진 것이 있는데, 대신 갚아 주세요" 하고. 홀가분한 기분이 되었지만 그동안 연체된 이자가 얼마나 될까 하는 생각이 떠오르자 그때부터 또 갈등이 시작되었다. 그래서 나는 지금도 어려운 이웃과 나의 소득을 나누고 있다.

이렇듯 군대는 내 인생에서 잊지 못할 귀한 추억이 깃든 곳이다. 그래서 내가 타임머신을 타서라도 다시 가고 싶은 곳이 바로 군대다.

이상헌

칼럼니스트이자 프리랜서 방송인입니다. 1963년에 동아방송 개국 드라마 공모에 입상한 것을 시작으로 방송작가로 활동했습니다. 세계일보에 4년간 하루도 쉬지 않고 천 회 넘게 칼럼을 연재하기도 했습니다. 꾸준히 책을 쓰고 있으며 대표 저서로는 2012년도 진중문고로 선정된 《흥하는 말씨 망하는 말투》가 있습니다.

황소고집 소년, '진짜 사나이' 되다

"정말 황소고집이구나."

저를 보고 담임 선생님이 하신 말씀이 기억납니다. 누구나 하는 야간 자율학습을 전 '의미 없다'며 거부했습니다. 그리고 여섯 시간을 서서 버틴 끝에 학교에서 유일하게 자율학습을 하지 않는 학생이 되었습니다. 제가 이해할 수 없는 규율과 문화는 따르지 않았던 것입니다.

황소고집 소년이 바뀌게 된 것은 군대에서였습니다. 제 군 생활은 6월의 여름과 함께 시작되었습니다. 여름에도 바닷바람이 거센 강원도 양양에서 복무했습니다. 군 생활은 깨달음의 연속이었습니다. 이해할 수 없다고 따르지 않으면 동료에게 피해가 가는 곳이 군대였습니다. 어느 집단에서나 그렇지만, 군대라는 특수한 환경 덕에 그 사실을 뼈저리게 깨달았습니다.

훈련과 각종 작업……. 단순 반복 업무들로 극한의 피로를 느낄 때면 그만두고 싶다는 생각이 들었습니다. 하지만 주위를 돌아보니 다 저와 같은 표정으로 묵묵히 일하고 있더군요. 동료 의식으로 버텼습니다. 또 '모두 제 몫의 역할이 있고 그 일에 사력을 다하고 있구나' 생각하니 육군으로서 자부심도 느껴졌습니다.

그러다 보니 규율과 문화에는 다 이유가 있음을 깨닫게 되었습니다. 예를 들면 매일 하는 청소입니다. '일주일에 한두 번 하면 되지' 했는데 유심히 보니 머리카락, 다리털 같은 각종 체모와 흙먼지가 쌓여 있었습니다. 청소가 단순히 '굴리기' 위한 것이 아니라 꼭 필요한 준비임을 알게 된 것입니다. 위생 관리가 안 되면 사람이 모인 곳은 금방 병이 돌기 마련이니까요.

하지만 결국 사건이 터졌습니다. 저보다 3개월 먼저 들어온 선임이 후임을 괴롭힌 것입니다. 괴롭힘 탓에 후임의 마음까지 병드는 것을 보자 저는 폭발했고, 선임에게 주먹을 휘두르고 말았습니다. 결국 군 법정으로 넘겨졌습니다.

그런데 후임과 동료, 다른 선임까지 모두 제 편을 들어주는 것이 아닙니까. 방법은 틀렸지만 의도는 이해한다는 것이었습니다. '이게 동료애구나' 느꼈습니다. 그리고 어머니께서 항상 강조하신 '사람을 존중하고 너보다 낮은 자를 사랑하라'는 정신이 군대

에도, 아니 힘을 합쳐 나라를 지키는 군대에서야말로 필요하다는 것도 깨달았습니다.

그래서 저와 제 동기들은 주변부터 바꾸어 갔습니다. 먼저 후임에게 다가가 고민을 물었고, 평소에는 유쾌한 형, 동생 사이로 지내려고 노력했습니다. 덕분에 우리 부대는 전우애 넘치는 부대로 소문이 났고, 주변 부대에서 소위 '관심 사병'이라 불리는 친구들이 전입 오는 일도 많아졌습니다. 우리는 '우리 중대와 잘 어울린다'면서 따뜻하게 맞아 줬고, 그들은 금세 적응해서 군 생활을 잘 마쳤습니다.

하지만 그렇게 군 생활을 하는 동안 가세는 점점 기울었습니다. 군에서 받은 월급을 모아 생활비에 보태던 저는 제대 후에도 일주일만 쉬고 바로 막노동을 시작해야 했습니다. 2년간 전국의 공사판을 돌았으니 군대 한 번 더 다녀온 셈입니다.

그곳 분들은 기 센 형님들이었지만 군에서 규칙적으로 생활하고, 일을 찾아서 하는 습관이 든 저를 예뻐해 주셨습니다. "노래해. 네가 시도하게끔 돕고 싶다"라고 격려도 해주셨습니다. 덕분에 저는 MBC 오디션 프로그램 〈위대한 탄생〉에 출연해 김태원 스승님을 만났고, 방송 활동도 하게 되었습니다.

요즘은 MBC 예능 프로그램 〈진짜 사나이〉에 출연하고 있습니다. 실제로 군대에 입대해 5박 6일을 보냅니다. 이미 다녀와서 자신 있었는데 막상 부딪쳐 보니 '내가 그동안 군 생활을 잊고 있었구나' 싶었습니다. 다들 방송이니 쉬엄쉬엄 하겠지 생각하는데 정말 무엇을 하든 힘들었습니다. 촬영 후 장병들을 두고 나가기 미안할 정도로 말입니다.

이렇듯 장병 한 사람 한 사람은 사력을 다하고 있습니다. 위급 상황이 오면 나라를 위해 제일 먼저 목숨을 거는 사람은 결국 현역 장병들입니다. 이들에게 비난보다 애정 어린 조언을, 또 사랑과 응원의 말을 보내 주시길 부탁합니다.

손진영

매주 일요일 저녁 방영되는 〈진짜 사나이〉 녹화를 위해 한 달에 한 번 입대하는 남자입니다. 황소고집을 버리고 금송아지만큼이나 소중한 깨달음을 얻었다고 합니다. 자신을 위해 자기 식대로 살던 날은 잠시 접어 두고, 가족과 친구가 있는 사회 안에서 모두를 위해 산다는 것이 무엇인지 되새기며 군 생활에 임해 보라고 제안했습니다.

김 병장의 '힐링이 필요해' 네 번째 이야기

사회와 나의 한없는 '거리감'

"김○○ 님이 ○○전자에서 근무를 시작했습니다."

얼마 전부터 연애 소식으로 염장을 지르던 친구 녀석이 페이스북에 취업 소식을 올렸다. 난 아직 복학은커녕 제대도 못 했는데 녀석은 취업까지 하다니. 나도 연애하고 싶고, 여행 가고 싶다. 나도 아메리카에서 파란 눈동자의 아저씨가 구워 주는 LA갈비를 먹고 싶다. 나도 하고 싶은 일들이 엄청 많단 말이다! 다른 사람들은 행복한 일만 가득한데, 나는 자랑거리는커녕 마땅히 알릴 일도 없다고 생각하니 울적해진다.

휴가를 나가서도 마찬가지다. 오랜만에 사람들을 만나서 대화하다 보면 무언가 '벽'이 느껴진다. 다들 스펙터클하게 살아가고 있는 것 같다. 나도 미래를 위한 준비를 하고, 나의 존재를 사람들에게 알리고 싶다. 단순한 질투심을 넘어서, 나만 멈춰 있는 것 같은 자괴감이 든다.

달리기하는 세상

세상은 넓고, 염장꾸러기들은 많다. 이상하게 우리는 나와 비슷한 사람에게 더 질투를 느낀다. 말년 병장이야 휴가를 며칠 나가든 상관 없지만, 동기가 포상휴가를 받으면 뭔가 기분이 찜찜하다.

> 우리가 현재의 모습이 아닌 다른 모습일 수도 있다는 느낌, 우리가 동등하다고 여기는 사람들이 우리보다 나은 모습을 보일 때 받는 그 느낌, 이것이야말로 불안의 원천이다.
>
> _알랭 드 보통, 《불안》 中

알랭 드 보통은 《불안》에서 이러한 감정의 원인을 날카롭게 지적했다. 꼭 심리적인 문제 때문만은 아니다. 오늘을 살아가는 우리에게 가장 강요되는 것은 '경쟁'과 '성과'이다. 그러다 보니 군대에서 2년 동안 사회와 격리되어 지내는 시간에 대해서도 불안감이 더할 수밖에 없다.

> 성과중심주의, 경쟁중심주의 사회에서 소진은 은밀히 권장되는 미덕이 되고 있다는 것이 관련 연구자들의 공통된 견해인 것 같다. 우리가 우리 스스로를 불사르지 않으면 살아남을 수 없다는 사회적 분위기가 지금 한국 사회를 뒤덮고 있다는 것이다.
>
> _주창윤, 《허기사회》 中

2년, 730일, 17,520시간

밥 나오고, 옷 나오고, 돈도 나오는데, 못 나오는 곳이 군대다. 그 대신 사회에서 분리되어 특별한 경험을 하게 된다. 사회를 다른 시각으로 보게 되고, 무엇보다 자신을 돌아볼 수 있게 된다. 자신의 한계뿐만 아니라 그동안은 몰랐던 나만의 장점이나 강점도 알게 되는 곳이 군대이다. 2년이란 시간 동안 정말 수많은 일들이 우리를 울고 웃게 만들기 때문이다.

가끔은 정말로 깜짝 놀랄 만한 일도 찾아온다. 왕멍이 쓴《변신'인형》에서는 누구나 겪을 법한 현실과 이상의 관계에 대해 이야기한다.

> 이상은 현실을 개조하지만, 이상은 반드시 현실의 노력을 통해 현실을 개조해야 하고, 그렇기 때문에 현실도 이상을 개조한다. 이 과정은 비록 고통스러운 것이지만 그래서 오히려 큰 의미가 있는 것이다.
>
> _왕멍, 《변신 인형》 中

무작정 앞만 보거나 남을 따라서 사는 것은 의미 있는 삶이라 보기 어렵다. 2년을 멈춰 있다고 여기지 말고, 이상과 현실을 다시금 저울질해 볼 수 있는 시간이라 생각하면 어떨까?

앞으로 계속 걸어 나가면

얼마 전 인터넷상에서 불붙었다는 '탕수육 소스 부어 먹기 vs. 찍어 먹기' 논쟁은 결론도 없이 끝났고, 탕수육을 시켜 먹을 수 없는 군인들은 입맛만 다셨다. 먹고 싶은 것도 휴가 때까지 참아야 하는 것이 군인의 모습이거늘, 하물며 다른 것들은 어떨까? 사회에서 한참 앞서가는 친구들을 보면, 내 모습은 한없이 작아지기만 한다.

하지만 우리가 살아가는 나날들이 무력하고 아무 의미 없는 것만은 아니다. 남들이 볼 때는 그저 평범해 보일 수도 있지만 각자 엄청난 노력을 쏟으면서 군 생활을 하고 미래를 조금씩 만들어 가고 있기 때문이다. 알베르 카뮈는 《페스트》에서 꾸준히 삶을 가꾸어 가는 의지와 노력의 중요성을 강조하였다. 지금 조금 힘들더라도 계속 전진해야 한다.

> "성실성이 대체 뭐지요?" 하고 랑베르는 돌연 심각한 표정으로 물었다.
>
> "일반적인 면에서는 모르겠지만, 내 경우로 말하면, 이것은 자기가 맡은 직분을 완수하는 것이라고 알고 있습니다."
>
> _알베르 카뮈, 《페스트》 中

남은 것은 나의 선택이다

싸이월드가 '감수성 배틀'이라면, 페이스북은 '나 잘났다 배틀'

이 특징이다. 쉽게 말해 부러우면 지는 거다. 대외적으로는 '좋아요'를 나누지만 대내적으로는 '화'를 나눈다. 속물근성을 가지고 살아가는 우리에게 비교의식은 익숙한 감정이다. 군대에서는 아무래도 자존감이 낮아지게 마련이다. 그러다 보니 이러한 '부러움'이 군인들을 더 크게 흔든다.

이럴 때는 나에게 힘을 줄 수 있는 순간들을 찾아보는 것은 어떨까? 누구에게나 군 생활을 하면서 잊지 못할 순간들이 있었을 것이다. 그리고 그때 스스로에게 한 다짐들도 있을 것이다. 나도 모르게 속물근성 프로세서가 발동해서 힘들어질 때면 그러한 순간들을 꺼내어 보는 것이다.

나에 대한 평가는 내가 하는 것이다. 수능만점자 같은 포즈를 취할지, 명절날 친척들을 마주하는 삼수생 같은 포즈를 취할지는 결국 내 선택이다.

❖ **'거리감'과 '불안'에 관련된 추천 도서**

《변신 인형》, 왕멍, 문학과지성사, 2004.
《불안》, 알랭 드 보통, 은행나무, 2011.
《페스트》, 알베르 카뮈, 민음사, 2011.
《허기사회》, 주창윤, 글항아리, 2013.
《몽테뉴 수상록》, 몽테뉴, 동서문화사, 2007.

내 꿈은 군대에서 시작되었다

1판 1쇄 인쇄 2013년 11월 28일
1판 1쇄 발행 2013년 12월 6일

지은이 엄홍길, 김홍신, 문태준, 손진영 외
그린이 배중열
펴낸이 김성구

단행본 2팀 김아람 이미현
디자인 여종욱 문인순
제 작 신태섭
책임마케팅 최윤호
마케팅 손기주 송영호 김정원 차안나
관 리 김현영

펴낸곳 (주)샘터사
등 록 2001년 10월 15일 제1-2923호
주 소 서울시 종로구 동숭동 1-115 (110-809)
전 화 02-763-8965(단행본팀) 02-763-8966(영업마케팅부)
팩 스 02-3672-1873 **이메일** book@isamtoh.com **홈페이지** www.isamtoh.com

ISBN 978-89-464-1858-5 03810

이 도서의 국립중앙도서관 출판시도서목록(CIP)은 서지정보유통지원시스템 홈페이지(http://seoji.nl.go.kr)와
국가자료공동목록시스템(http://www.nl.go.kr/kolisnet)에서 이용하실 수 있습니다.(CIP제어번호: CIP2013024817)

값은 뒤표지에 있습니다. 잘못 만들어진 책은 구입처에서 교환해 드립니다.